雨夫人

作者 路邊攤

目錄

雨夫人……003
—五年後—……122
—在那之後的雨天—……221
新年特別篇……231
後記……237

雨夫人

1

五十五、五十六、五十七……

子曜瞪視著牆上的時鐘秒針，當秒針終於走到整點那一刻，子曜徹底鬆了一口氣，因為這代表店裡的電話等一下又響起來的話，他可以直接用一句「對不起，我們已經打烊了」來打發過去。

根據這間披薩連鎖店的規定，打烊前只要有客人打電話進來，就算只差那麼一秒，員工也要接單製餐，這代表要把烤爐重新啟動，提早收好的披薩配料也都要再拿出來，至少會拖到半小時的下班時間，而這段時間是沒有加班費的。

「我前面要開始收了喔！」子曜朝後方洗滌區的同事喊了一聲，然後開始打烊工作。

這間披薩店的打烊工作分為前台跟後台，擔任前台的子曜負責店面前半部的清潔工作，並把所有東西都收到後台，後台的工作就是把這些東西全洗乾淨。

子曜走出店門口，彎腰將鐵鍊鎖在外送用的機車輪胎上，然後站起來看了一下外面。

騎樓外的路面正下著大雨，披薩外送的訂單在雨天往往比平常多，子曜今天晚上跑的外送也是平日的兩倍以上，雖然店裡有提供雨衣，但滲進衣服的雨水還是讓子曜的身體發寒，他已經迫不及待想回家洗熱水澡了。

子曜剛走回店裡，突然一個濕淋淋的身影從騎樓衝進門口，那身影一衝進店裡，全身就像剛洗好澡的狗一樣低頭快速甩動，把雨水甩得到處都是。

「喂！我們打烊了喔！」

子曜在心裡發出哀號，正要把這個白目的客人趕走時，那人抬起頭跟子曜對上了視線，子曜才發現對方原來是自己認識的人。

「軒鴻？你怎麼全身濕成這樣？」

「唉，今天沒帶傘出門啦，對不起。」軒鴻嘴上雖然道歉，但身上的雨水還是不停滴到地上，一點歉意也沒有。

軒鴻打工的飲料店就在披薩店對面，他同時也是子曜的同班同學。軒鴻的下班時間通常比子曜早，他常常來等子曜下班，然後再一起去吃宵夜或是約女生唱歌，可以說是子曜的夜生活搭檔。

子曜借了一條毛巾給軒鴻擦臉，然後一邊抱怨一邊將軒鴻弄濕的地方重新拖乾淨，坐在候客椅上的軒鴻則是苦笑看著子曜拖地。

軒鴻大而化之的個性一直是子曜受不了的地方，但又沒辦法生氣，因為他知道軒鴻天生個性如此，這是改不了的。

奇怪的是，在跟軒鴻一起出去跟女孩子玩時，女生們都比較容易被軒鴻的個性吸引，子曜只能在一旁乾瞪眼，這是因為那些女生很清楚，如果要找玩伴，軒鴻是最佳的對象，相較之下，子曜的個性就比較踏實無趣，在以玩為優先的大學生活中，受歡迎的當然是軒鴻這樣的男生了。

「對不起啦，害你要再拖一次地。」軒鴻嘴上一直道歉，身體卻一直待在椅子上，沒有要幫忙的意思。

還好子曜已經習慣了，要換成其他同事，早就一拳打過去了。

「看在交情上先原諒你，那等等吃飯就給你請喔。」

「喔，關於這個……」軒鴻像是達成某種邪惡計畫般，臉上露出奇怪的笑容說：「這頓飯先跟你欠著，我等一下跟依柔約好要一起去看電影了，我好不容易才約到她的。」

依柔是軒鴻參加系學會活動時認識的學妹，之前也有一起出來玩過幾次，但都是團體行動，子曜知道軒鴻想單獨約依柔很久了。

「那你不快點去找她，跑來我店裡幹嘛？」

「就……依柔現在剛下班，但是她跟我一樣都沒帶傘，要是我直接去接她，兩個人都會淋成落湯雞，很難看啦。」軒鴻雙手一攤，終於說出他來這裡的目的。「我想說跟你們店裡借個傘，讓我在她面前展現一下紳士風度，好不好？」

「靠北，借花獻佛喔？」

竟然丟下好兄弟在這裡拖地，自己跑去跟女孩子約會，嘖嘖……雖然有點不是滋味，但畢竟是兄弟，這個忙不幫不行。

「你等一下，我去倉庫找找看。」

子曜記得店長會把客人忘記拿走的雨傘集中到倉庫裡，便先放下清潔工作，走到最裡面的倉庫裡去找雨傘。

打開倉庫的燈，能看到裡面堆滿罐裝的食材、準備發送的廣告單及疊高的紙箱，子曜要找的東西被塞在最角落的地方，各式各樣的雨傘被塞在一個大桶子裡，雨傘的把手都積滿了灰塵。

子曜走到桶子旁邊，考慮著要借哪把傘給軒鴻，突然間，子曜注意到其中一把傘的把手特別不一樣。

多數雨傘的把手都是塑膠製的J字形或直柄把手，但那把雨傘的把手紋路明顯不一樣，像是由木頭或竹子所製成的。

子曜將那把傘從桶子裡抽出，手上的重量直接告訴子曜，這是一把不一樣的雨傘。

那是一把白色的油紙傘，隱約還能聞到保護傘面用的桐油味，子曜之前只在日本藝妓電影或觀光景點看過這種雨傘，沒想到竟然會在披薩店倉庫這種地方親手拿到。

子曜將紙傘撐開，整個過程相當順暢，代表傘骨跟傘架的結構都很結實，子曜記得這種紙傘的優點就是耐用，不像現代的洋傘用一段時間就生鏽或脆化了。

讓子曜特別注意的，是傘面上的圖案。

白色傘面上畫著一個浮世繪風格的和服女子，女子的臉色蒼白、眼神低垂，像在看著地面，身上的和服是以黑色為底，再點綴如雪花般的紅色圖樣，看上去雖然漂亮，但也有一絲詭譎氣氛。

子曜忍不住開始想像這名女子身上發生的故事，她是在等待再也不會回來的情人嗎？或是哀悼逝去的親人呢？不管是哪一種故事版本，都跟女子畫像傳達出來的哀傷氛圍十分相配。

反覆將紙傘開合、確認傘本身沒有問題後，子曜心裡產生了一個疑問：這樣的紙傘在網路上要賣個幾千塊吧？怎麼會有客人弄丟呢？不過以傘上累積的灰塵來看，原本的主人應該也不會回來拿了，不如就把它借給軒鴻，捉弄一下他吧。

抱持著惡作劇的心態，子曜將紙傘帶出倉庫，然後在軒鴻面前將傘撐開說：「我這次大手筆把這把傘借你，怎麼樣，不錯吧？」

紙傘撐開來後，傘面上的和服女子瞬間出現在軒鴻面前，那幅畫面所展現出的魄力跟洋傘完全不同，軒鴻也看傻了眼。「不對，你等一下……帶這種傘去跟女生約會也太奇怪了吧？」

「這樣才有特色啊！我在幫你跟依柔製造話題，你懂不懂啊？」子曜把傘收起來，塞到軒鴻面前。「而且兩人一起在雨中撐這把傘，你不覺得就跟日本古裝電影一樣，特別浪漫嗎？」

軒鴻被子曜哄得一愣一愣的，他接過紙傘後先在手上掂了一下，似乎覺得很滿意，不停點著頭說：「好像真的不錯耶，滿順手的，上面的圖案也很漂亮，依柔一定會很喜歡。」

「喏，我就幫你到這裡了，剩下就靠你自己去努力吧。」

「太感謝你了，果然是好兄弟！」

軒鴻對子曜比出大拇指表示讚許，子曜則是在心裡竊笑，正常的女孩子要是看到男生拿著這樣一把詭異的紙傘來接她，應該都會想「這傢伙是不是腦袋不正常」吧。

神經大條的軒鴻哪想得到這麼多，他再三跟子曜道謝後，就帶著紙傘赴他的電影約會去了。

軒鴻離開後，子曜準備繼續打烊工作，這時一直在後面洗東西的同事突然走到前面問道：「你剛剛借給朋友的那把傘是從哪裡拿的？」

「從傘桶裡拿的，裡面的傘不都是客人不要的嗎？」

「是這樣沒錯，但我怎麼對那把傘沒印象呀……」

同事疑惑地說著，很煩惱的樣子。

子曜記得這位同事是店裡最資深的正職員工，每次要去倉庫找東西時，他總是能馬上找到東西放在哪裡，彷彿整個倉庫的配置都牢記在他的腦海裡，但他對這樣一把特殊的雨傘沒有印象，似乎為此覺得很沮喪。

不過放在角落的傘桶本來就不會有人注意了。雨傘這種東西在人類的記憶裡一直是很奇怪的存在，要到下雨時才會想到它的存在；就算下雨了，還是常常有人忘記它，將雨傘遺留在城市的各個角落。

永遠不會被遺忘的雨傘，在這個世界上本來就是不存在的。

*****

因為軒鴻的意外來訪，讓子曜的打烊工作又延遲了十分鐘左右，直到下班要離開店裡時，外面的雨勢仍在持續。

子曜查了一下氣象預報，雨勢似乎會持續到明天，也就是說明天早上要穿雨衣騎車去學校了……子曜嘆了一口氣，認命地穿上雨衣準備騎車回家時，手機突然響了起來。

子曜將手伸進雨衣掏出手機，來電者竟然是依柔，她不是應該跟軒鴻在看電影嗎？怎麼會打電話過來？

「喂？」子曜接起電話。

「子曜學長，請問軒鴻學長有在你那裡嗎？」依柔問。

「他不久前有來店裡找我借雨傘，然後就去找妳啦，你們不是約好要看電影嗎？」

「對啊，但我一直等到現在他都沒出現，而且他手機也都不接，我擔心他出了什麼事，所以才打給你問問看。」

這下事情大條了，雖然依柔在電話中有控制情緒，但子曜還是能感覺到她的怒氣。軒鴻這傢伙犯了大忌，放學妹鴿子這種事情傳出去可是會被全系鄙視的。

「妳等一下，我聯絡他看看。」

結束跟依柔的通話後，子曜馬上撥出軒鴻的號碼，但一連好幾通都沒接聽。

「這傢伙到底在搞什麼鬼啊！」

終於，在數不清是第幾通的時候，軒鴻接起了電話。

子曜忍住想直接罵髒話的衝動，劈頭問道：「你這笨蛋到底跑去哪裡啦？依柔一直在等你耶！」

本來以為會聽到軒鴻說他出車禍所以手機壞掉之類的解釋理由，但手機裡卻只傳來一串低喃的聲音：「左……右……要再直走……」

「嗄？你在說什麼？」

子曜隱約覺得不妙，雖然很模糊，但那的確是軒鴻的聲音沒錯，問題在於那不是軒鴻的說話方式，不管什麼時候，軒鴻的聲音總是大聲又有精神的。

「要去……」

軒鴻又講了一句模糊的話，然後無預警地掛斷電話。

子曜焦急地再打過去，但這次不管他再打幾通，軒鴻都沒有再接起電話。

打到最後，子曜耳邊唯一還能聽到的，就只有軒鴻最後留下的那一句意義不明的句子。

——要去雨夫人那裡……

2

「所以最後見到他的人是你囉？」

警察局中，負責承接報案的中年員警緩慢敲打著鍵盤，用一種公事公辦的慵懶語氣發問著。

子曜轉頭看了站在身後的兩個人一眼，確認對方都沒有異議後，向員警點頭說：「是的。」

站在子曜身後的是依柔以及軒鴻的室友。在一直聯絡不到軒鴻後，他們三人冒著大雨在城市中跑遍了軒鴻可能會去的地方，但都沒找到軒鴻的身影，電話也處於打不通的情況，最後三人先通知軒鴻位於外縣市的家人，取得共識後，雙方決定先報警備案，軒鴻的家人則是明天一早就會趕來。

「好，我看一下……」

員警瞇起眼睛看著螢幕，用滑鼠滾輪瀏覽著筆錄內容，又問了一個問題：「他在最後的電話裡跟你說他要去找雨夫人，這個雨夫人是你們哪個朋友的綽號嗎？或是什麼酒吧或夜店的名字？你們都沒印象？」

子曜三人都搖了搖頭，他們都不記得這個名字，就算用 Google 地圖搜尋，也找不到叫這個名字的店家，軒鴻最後提到的雨夫人到底是什麼，他們現在還想不到答案。

「那好吧，」員警把螢幕轉過來面向子曜等人，說：「請你們確認一下內容，若沒有問題的話，我這邊會把你們朋友的照片跟特徵發給執勤的其他人員，有消息後會通知你們。」

從走進警局到現在，子曜一直覺得員警的態度是在打發他們，並不想認真對待軒鴻的失蹤，畢竟軒鴻才不見幾個小時，又是愛玩的大學生，搞不好最後只是個烏龍，子曜可能在某間酒吧喝掛了，或是路上約到一個女生跑去汽車旅館睡死了。

確認筆錄內容都沒問題後，員警像是突然想到似的，又問：「你最後見到他的時候，他有什麼不一樣的地方嗎？」

不一樣的地方……子曜思考了一下，那個時候走進店裡的軒鴻就跟平常一樣無厘頭沒神經，就算覺得這傢伙真是個笨蛋，但跟他待在一起就是會覺得很開心。

不對，那天晚上離開店裡的軒鴻，有一個地方很明顯跟平常不一樣。

「他從店裡借走一把很特殊的紙傘，如果他撐著傘走在路上，一定會有人記得他的。」

子曜詳細形容了紙傘上的圖案，那把油紙傘上的和服女子，像是在子曜眼前直接跳出來般，女子哀傷下垂的臉龐、以髮髻固定住的盤髮、身上和服彷彿濺血般的圖案，明明看不到幾眼，子曜卻記得女子身上的所有細節。

員警用有總比沒有好的態度，意興闌珊地將子曜說的內容輸入了電腦。

離開警局的時候，大雨已經停了，但從蠢蠢欲動的天空看來，這只是雨神的中場休息而已。

子曜抖了一下身體，今晚他冒雨在市區裡騎車到處找軒鴻，雨衣早已失去了作用，現在的他不管上衣、牛仔褲，連帶襪子跟內褲全是濕的，加上剛才坐在警局裡被冷氣一吹，身體已經無法負荷這種濕冷了。

依柔擔心地看著子曜，說：「子曜學長，你先回去睡覺吧，我們等明天再一起找，到時軒鴻學長的家人也在，一定能找到他的。」

「學長，我先去旁邊的便利商店買杯熱的，你暖一下身子再回去，等我一下。」軒鴻的室友說完後馬上往便利商店跑過去。

「嗯，也好……」子曜看著地面上的積水低喃著，陷入了沉思。

軒鴻那傢伙……我們三人為了他而受苦淋雨，要是最後發現他真的是醉倒在某間酒吧，或是瞞著大家去跟別的女生亂搞，到時一定要狠狠揍他一頓，揍到連他媽都認不出來那種。

但子曜知道，若還有機會能揍到軒鴻，那真的是最好的結果了……

*****

子曜本來以為自己會因為疲勞而睡到中午甚至下午，沒想到竟然在早上八點就起床了。

昨晚淋雨受寒的副作用沒有想像中大，除了有點頭痛之外，子曜沒有其他不舒服的感覺，至少沒有出現感冒症狀。

子曜將房間窗簾拉開，嘩啦啦的雨聲馬上灑了進來，代表雨又開始下了，將頭探出窗外一聞，空氣裡有濃厚的水氣及雨天獨特的味道，地面上的坑洞滿溢著積水，穿著雨衣或撐雨傘的行人在水窪上踩來踩去。

今天早上有十點的課，但子曜沒有想去學校的心情，他拿起手機試著再打電話給軒鴻，仍然沒有人接聽，算算時間，軒鴻的家人應該已經到了吧？要先去跟他們碰面嗎？還是再試著自己去找軒鴻呢？

子曜放下手機，想躺回床上再休息一下時，手機突然響了起來。

那王八蛋終於回電了是嗎？子曜興奮地拿起手機，但螢幕上顯示的來電號碼卻讓他遲疑了，是昨天報案的那間警察局打來的。

警察終於有軒鴻的消息了嗎？還是……

子曜在無法得知對方來電動機的不安情緒中，接起了電話。

來電的不是昨晚那名中年員警，而是一名較年輕的員警，他的口齒清晰，聲音也令人舒服，但聽起來有種很刻意的感覺。子曜很清楚，當警察這種職業用刻意的語氣在跟你對話時，那絕對沒有好事。

「請問張先生你昨天有來報失蹤案吧？能麻煩你來我們局裡一趟嗎？有事情想跟你說明。」

「沒關係，你直接在電話裡告訴我就好了。」

「這件事我們當面跟你說明會比較好。」在年輕員警這句看似客氣的話中，其實還帶有一個清楚的訊息，那就是：「我都這樣跟你說了，發生什麼事情你應該心裡明白，快過來就對了。」

「……我知道了。」

子曜掛上電話，再次走到窗戶旁邊。

窗外，積在地上的水窪反射出每一個走在路上的行人身影，彷彿隔著水面就是另一個世界。

現實世界的雨又開始下了，子曜的心裡則正醞釀著名為恐懼的烏雲。

*****

在騎車前往警局的路上，子曜的腦袋一片空白，他強迫自己什麼都不去想，只專注在騎車這件事上，不然各種糟糕的想像很快就會佔據他的大腦。

騎到警局後，原本起床時還覺得清爽有精神的身體已經被滲進的雨水搞得又濕又冷，子曜脫下雨衣後打了個哆嗦，縮著身體走進警局，一走進去，他第一眼就看到兩個熟悉的身影——軒鴻的父母。

軒鴻的父親在一位員警的辦公桌旁挺直腰桿坐著，但全身卻不斷顫抖、雙手握拳壓在大腿上，像是在極力忍耐某種強烈的情緒。軒鴻的母親坐在旁邊一張板凳上，她彎腰將臉埋到雙手裡，不停發出哀傷的哭聲，同時能看到從手掌滴落到地上的淚珠，一名女警在旁邊輕輕拍著軒鴻母親的背部，雖然是無意義的安慰，但至少比什麼都不做好。

看到這一幕的子曜直接在門口停下腳步，他已經無法再強迫讓腦袋維持空白，是該面對現實的時候了。

軒鴻父親注意到了子曜的存在，他轉過頭來看向子曜，堅毅的臉龐上流滿淚水，只是身為父親的他不允許自己失態痛哭。

軒鴻父親站起來走向子曜，哽咽著聲音問：「子曜……你……是昨天最後看過他的人嗎？」

子曜不知道如何回應，只能點了一下頭。

「你怎麼不……那個時候怎麼沒有陪他……」

軒鴻父親突然舉起右拳，子曜以為軒鴻父親要攻擊他，他也做好被揍的準備了，但軒鴻父親卻定睛看著子曜，長嘆了一口氣後放下拳頭。

一名員警這時從後方跑來，他拍了一下軒鴻父親的肩膀，請軒鴻父親回去原本的座位，軒鴻父親一言不發，默默轉身走回他本來坐的地方，那名員警接著轉頭問子曜：「請問是張子曜先生嗎？」

「是的……」子曜認出對方的聲音，就是不久前打電話給他的員警。

「能跟我來一下嗎？我這邊有些事情想跟你說，同時也需要你的幫忙。」

子曜在員警的指引下坐到另一張辦公桌旁邊，那名員警也不掩飾，直接說出了事實：「今天早上有人發現了你朋友，但他已經不幸去世了，他是在……」

子曜不想聽這些事情，但他現在只能被迫讓自己接受這些事實。

軒鴻沒有出車禍，也沒有喝掛在酒吧或汽車旅館，而是在路邊的水窪被發現的，他趴在雨天的積水裡，就這樣溺死了。

「我們目前還在檢查他體內有沒有酒精殘留，他可能是喝醉才會跌進水窪，也可能是因身體疾病而突然昏倒，這部分還要等調查結果出來。」

「那個時候下雨了嗎？」子曜問。

「嗯？」員警聽不懂子曜的問題。

「找到他的時候，天空又開始下雨了嗎？」

子曜也不知道自己為何會問這個問題，他只記得昨天深夜回家的時候，雨曾經短暫停了一下，或許他希望子曜被找到的時候雨還是停的，至少不要讓他繼續淋雨。

「那個時候正在下雨，他是在早上又開始下雨的時候被民眾發現的。」員警說。

「是嗎……」子曜感覺心裡痛了一下，像被什麼東西咬過。

見子曜沒有再提出其他問題，員警從一個資料夾裡拿出幾張照片放在桌上說：「請看一下這些照片，你朋友身上的衣服，是不是跟你最後見到他時一模一樣？照片上有看到奇怪的地方都可以說出來，我們希望你能幫忙釐清真相，這也是在幫你朋友的忙。」

子曜半抗拒地將眼神慢慢移向桌上的照片。

原本以為會看到惡夢般的畫面，但照片上的軒鴻只是趴在地上，僅露出背面，子曜慶幸自己不用看到軒鴻死去的面孔。

軒鴻的上半身泡在水窪裡，上半身的衣物跟頭髮都浮在水面上，子曜點點頭說：「沒錯，他昨天從披薩店裡離開的時候，穿的就是這套衣服。」

「除了衣服之外，有其他不對勁的地方嗎？」

「不對勁……」

子曜又將視線移回照片上，很快發現照片裡沒有「那個」的存在。

「少了雨傘，軒鴻離開店裡的時候，有跟我借了一把紙傘。」

子曜一看到那些照片，直接脫口而出：「對！就是這把！怎麼會有這些照片？」

員警像是對這點有備而來，他從資料夾裡又拿出幾張照片，問：「是這把傘嗎？」

那是好幾張不一樣的街道照，但拍攝視角都是一樣的，那是有人用右手撐傘、左手拿著手機，一邊前進一邊拍下的照片，照片中清楚拍到了軒鴻撐傘的手，還有那把油紙傘獨特的傘骨跟傘架。

「現場並沒有找到雨傘，不過我們在他手機裡發現這些照片，拍攝時間是離開披薩店以後，他好像要去某個地方，一邊走一邊拍下這些照片。」員警將每張照片獨立擺在桌上，並徵詢子曜的意見：「依你對你朋友的瞭解，你知道這些照片是什麼意思嗎？」

子曜目不轉睛地盯著桌上的照片，照片上每個街景他都認識，子曜伸出手開始排列照片，模擬軒鴻前進的路線。

從位於披薩店附近的起點開始，軒鴻先是持續往前走，然後在一間有電器行的路口左轉，然後繼續直走，遇到一間日本居酒屋後右轉，然後一直往前走，走到底後，軒鴻來到一間國中的大門口，最後一張照片定格在學校門口右邊的校舍，代表這裡就是終點。

「照片只拍到這裡，你朋友就是在這間學校旁邊被發現的。」員警說：「他特地跑到那裡，還一路拍下照片……你知道他這麼做的理由嗎？」

子曜黯然搖頭，就算他再瞭解軒鴻這個朋友，他也不知道軒鴻走到那裡的動機。

雨夫人……子曜又想起軒鴻最後在電話中說的話。

雨夫人究竟是一個人？還是一個地方？不管是什麼，軒鴻死亡的祕密一定就藏在那三個字裡面。

3

「請將餐點放在桌上，記得要再聯絡客人下來拿喔。」

社區管理員一看到子曜提著餐點走進來，就伸手指向櫃檯旁的一張桌子，用制式化的語氣指示子曜把餐點放在那裡。

在人們越來越懶得出門的這個時代，社區公寓的管理員每天面對的外送員及經手的餐點也越來越多，導致只要一看到外送員走進門口，他們就會本能反應地說出設定好的台詞，因為這樣的橋段在他們的工作中已經重複太多次了。

將餐點放到桌上後，子曜拿出手機將「餐點已送達管理室」的訊息傳給客人，代表運送跟通知的任務都完成了，這一單的工作正式結束。

從子曜頭上戴著的特殊商標安全帽以及身上的防風外套款式，可以辨認出子曜是國內某間外送公司的外送員，這間公司因為可以讓外送員自由排班，薪資制度也透明公開，所以成為剛畢業的大學生在正式就業前不錯的兼差選擇。

任務完成後，子曜跟管理員打了個手勢，表示已經聯絡過住戶了，當他準備轉身走出社區時，子曜的眼角注意到放在管理員櫃檯旁的一個物體，忍不住將腳步停下。

那是一個裝滿雨傘的桶子，應該是提供給住戶使用的愛心傘，但其中也有訪客忘記帶走的遺失傘吧。

看子曜突然停在櫃檯前面，管理員問：「怎麼了嗎？」

「喔，沒事。」子曜將頭低下，匆匆走出門口。

時間還是下午，但外面的天空已積著厚厚的烏雲，將陽光遮到一點不剩，子曜看過天氣預報，全台晚上開始會下大雨，雖然雨天的外送訂單會比較多，但五年前發生那件事之後，子曜就很討厭在雨天騎車，光是聯想到「雨」這個字，子曜就感覺彷彿有東西塞在血管裡阻礙心臟運作，全身失去力氣無法動彈。

回到機車旁邊後，子曜用手機向外送系統回報下工，剛才是他今天送的最後一單。必須在下雨之前坐車趕過去才行……子曜跨上機車，仰頭看著顏色混濁的雲層，鼻子已經能聞到雨水滲透的味道，一切都跟五年前一模一樣。

子曜嘆了口氣，發動機車騎上道路，準備回家換件衣服就去火車站，坐車前往軒鴻的老家。

今天，是軒鴻去世的五周年忌日。

*****

軒鴻母親開門迎接子曜的時候，她的樣子跟五年前那個傷心的夜晚已經完全不同，氣色看來很紅潤，臉上也帶著笑容，看似已經從悲痛中走出來了，但子曜知道絕非如此，就算是身為朋友的他，到現在也仍記得軒鴻無助地趴在水窪中的那張照片，何況是軒鴻的母親呢？

「進來吧，那位學妹已經在等你了。」

或許是不希望被其他人發現自己眼神中那無法抹滅的悲傷吧，當軒鴻母親的眼神跟子曜對上時，她刻意把視線別開了。

「打擾了。」子曜低頭脫下鞋子，進到客廳裡。

客廳中間擺著為軒鴻準備的供桌，依柔站在供桌前方，雙眼看著軒鴻的照片，嘴唇喃喃說著只有軒鴻能聽到的悄悄話。

五年來的這個日子，依柔都會像這樣來跟軒鴻聊天，只是隨著依柔從大學畢業，聊天內容也從學業發展變成了工作上的趣事。

「你們先陪軒鴻吧，不打擾你們了。」

軒鴻母親說完後就進廚房裡去忙了，子曜知道她還要準備軒鴻愛吃的飯菜，晚上等軒鴻父親下班後，全家人再一起吃飯。

子曜默默站到依柔身邊，依柔把想跟軒鴻說的話都說完後，雙手合十向軒鴻的照片拜了一下，才轉頭對子曜點頭致意。

「這次又麻煩妳照顧這傢伙了。」子曜朝供桌上撇了一下頭，桌上放著軒鴻以前最愛喝的黑糖奶茶跟大麥克套餐，子曜知道這些都是依柔買的，因為軒鴻每次請系上學妹吃飯的時候只會點這兩樣東西。

「以前被軒鴻學長請過那麼多次，這是我本來就該請回來的。」依柔放下雙手，聲音哽咽著。

子曜知道依柔還沒從那天晚上走出來，這五年來她一直覺得要對軒鴻的死負責，要是那天晚上沒有約好去看電影，要是她提早一點去找軒鴻的話，她跟軒鴻的家人就不用經歷這麼悲傷的五年，而且接下來還有第六年、第七年……

「我還沒找到。」子曜突然說道。

「嗯？」依柔不知道子曜在指什麼。

「軒鴻從店裡跟我借的那把紙傘，我還沒找到。」子曜緊緊握住拳頭。依柔露出明白的表情，因為她知道子曜跟她一樣，都在想辦法減輕自己的罪惡感。

子曜一直覺得軒鴻的死跟那把傘有關，而出事的源頭就在借傘的自己身上，要是自己當時沒有把傘借給軒鴻，要是自己當時說服軒鴻取消約會的話，這五年就完全不一樣了，他跟軒鴻現在還能繼續玩在一起，就算出社會上班也可以偶爾約在酒吧，兩個男人拿著酒杯談論大學的荒唐歲月……

子曜跟依柔一樣都在贖罪，只是方式不一樣，依柔每年來這裡跟軒鴻聊天，子曜則是不斷尋找那把紙傘。只要找到那把傘就能知道軒鴻是為何而死，至少子曜是這樣相信的。

這五年來，子曜盡了所有努力在尋找真相，他找過國內所有製造油紙傘的公司跟網路店家，雨天騎車外送時也會留意路邊每個行人所拿的傘，但不管是樣式還是圖案都沒有跟那把傘一模一樣的。他也按照軒鴻留在手機裡的照片順序將那條路線走過無數次，但還是找不到任何線索。

最讓子曜在意的是傘面上的和服女子。子曜以女子的和服及繪畫風格進行搜尋，但不管怎麼找都找不到相似的圖片。

這代表一件事，就是傘上的和服女子圖畫絕非大量製作的印刷圖案，而是有人為了那把傘而細心繪製上去的，獨一無二的畫像。

*****

子曜跟依柔在天色完全變黑之前離開了軒鴻老家，軒鴻母親每一年都會請他們兩個留下來吃晚餐，但子曜跟依柔總是很有默契地拒絕，他們認為晚上的時間應該要留給軒鴻及他的家人，他們兩個沒有資格出現在餐桌上。

依柔是自己開車過來的，子曜在停車場跟依柔道別後獨自走向火車站，準備坐火車踏上歸途。

天氣預報很準，晚上的天空下起了雨，子曜趕在雨勢變大前來到火車站躲雨，這時的車站已經變成擁擠的戰場，想要離站卻沒帶雨具的乘客愁容滿面地聚集在車站裡，趕著搭車的乘客將濕答答的腳印踩進車站，瓷磚地板覆蓋上一層雨水跟泥濘，空氣又濕又熱，子曜實在不想在這樣的環境裡多待一秒。

子曜的運氣不錯，五分鐘後剛好有一班區間車能坐，子曜很快在自動售票機買好票，然後跟人群一起擠向票口，每個人都想快點離開下雨的車站。

擠過票口之後，月台上滿滿是候車的乘客，看來等一下要上車也是一場硬戰，子曜站在一名身材壯碩的男子後方，心裡打定主意，等一下列車到站後就跟在這個人的身後往前擠，就算不確定有位置能坐，至少也要擠上車。

區間車駛入車站的聲音從不遠處傳來，其他乘客也開始移動，各自選擇最有利的上車位置，等列車慢慢停靠在月台後，一群像是剛從監牢被釋放的乘客從車門一擁而出，幾個運氣不好、等待上車的乘客直接被這股人潮擠到外邊去，接下來才是戰爭的開始，子曜緊跟著前方的壯碩男子一路往前擠，最後終於在站務人員出手阻止乘客擠上車之前，爭取到了一個車門邊的位置。

「車上已經沒位置了，請後退等下一班！」

站務人員吹著哨音將沒擠上車的乘客驅趕到黃線以後，車門隨後在子曜身後緩緩關上。

好險，差點就擠不上來了……子曜放鬆地吐出一口氣，他轉頭看向車窗外的其他乘客，那些臉孔全都不甘心地瞪著子曜，子曜覺得有些不忍，準備別過頭轉移視線時，一個身影突然印入他的眼角餘光，讓子曜的頭硬生生停下，瞪著眼睛看著車窗外。

那是名陌生女子的背影，應該是剛剛下車，正在稍作休息準備出站的乘客。

對方紮著長馬尾，穿著一件灰格子圖樣背心洋裝，雖然看不到正臉，但整體給人的感覺很年輕，可能還是學生。

讓子曜注意到她的原因在於她的右手，她手上可能拿著子曜這五年來不停尋找的東西。

就算沒有撐開來，子曜還是馬上認出女子手上拿著一把紙傘，畢竟紙傘跟洋傘在外觀上有極大的差異，一眼就能辨別出來。

平常會帶紙傘出門的人不多，應該說完全沒有，紙傘這種東西對一般民眾來說只是在觀光景點會買的收藏品，在日常生活中根本不實用。

但眼前的女子確實拿著一把紙傘，而且那把傘的外觀正逐漸喚醒子曜五年前的記憶，子曜在店裡的傘桶發現那把紙傘時，就是那個模樣……

子曜的腳底下傳來震動，代表列車即將發動，駛離車站。

「等一下！」

子曜將雙手及臉孔貼到車窗上，不放棄地繼續盯著女子的背影，但列車不可能為了他一個人停下來。

「對了，手、手機……」子曜想起手機的存在，就算沒辦法下車，至少要把她的背影拍下來，之後還有機會找到她。

子曜拿出手機對準月台，在他按下快門鍵的那一瞬間，那名女子做了一件事，這件事讓子曜更加確信，自己終於找到了。

明明人還待在月台上，身體並不會淋到雨，但女子就像是要刻意展示給其他人看似的，她將紙傘高舉過頭，啪一聲打開了。

同時，子曜也按下手機的快門鍵，拍到了這一幕。

白色傘面上，身穿黑色和服的女子再次現身於子曜眼前。

在子曜眼中，點綴在黑色和服上的紅色圖樣就如鮮血般怵目驚心，對他來說那就是軒鴻的血。

列車開始前進，月台上的人群轉眼間從車窗外消逝而過，被拋在後頭，子曜馬上打開相簿檢查剛才拍下的照片。

照片裡完整拍到了那名女子撐開傘的背影，以及傘面上的和服女子圖畫。

對這五年來不斷努力尋找真相的子曜來說，這張照片已經是不錯的收穫了，但子曜卻覺得照片看起來不太對勁，而且看得越久，那不對勁的感覺就越強烈。

子曜將照片的局部細節放大，很快發現那不對勁的感覺來自何處，頓時倒抽了一口涼氣。

明明是在擁擠悶熱的區間車上，子曜的全身血液卻瞬間變得冰涼。

照片中，傘面上的和服女子彷彿意識到子曜的存在般，原本低垂的雙眼往上挑起，隔著手機螢幕冷冷地跟子曜對上了眼。

4

坐火車回家的路上，子曜的手機一直收在口袋裡沒有拿出來。

明明只要拿出來再看一眼，就能知道剛剛看到的究竟是不是幻覺……傘面上的和服女人，竟然隔著螢幕注視著自己。

是因為拍照角度的問題，才造成這樣的巧合嗎？不對，這跟蒙娜麗莎效應不同，對上眼的那一瞬間，子曜感覺到對方是真的在看自己，那往上挑起的冰冷眼神，彷彿在警告子曜離遠一點，不要多管閒事。

好不容易才找到那把紙傘並拍到了照片，但跟和服女子對上眼神的感覺，已經在子曜心裡埋下恐懼的種子。

但這五年來對真相的堅持，怎能為區區恐懼懾服？不管那名和服女子背後有什麼東西在搞鬼，都無法阻止自己找到真相，子曜做出了這樣的決定。

在下車前的最後一刻，子曜終於拿出手機打開那張照片，抱著不管看到什麼都不能害怕的必死決心，跟照片上的和服女子正面對決。

照片中，傘面上的和服女子低垂著雙眼，哀傷的模樣就跟五年前在披薩店看到的一樣。

「果然是同一把傘……」子曜喃喃說著，一開始的視線相對，只是自己的錯覺嗎？火車到站後，子曜準備迎接另一個戰場，由於外面仍下著大雨，車站裡擠滿了躲雨的人潮，空氣又濕又熱，宛如在蒸三溫暖。

氣象預報說這波籠罩全台的大雨會下到明天早上，這也是近期的最後一波雨勢，接下來會是連續的大晴天。

子曜穿過人群來到車站出口，撐開雨傘朝機車停車場走去，想到等一下還要穿雨衣騎車回去，子曜心裡就覺得難受，不過至少今天有重大收穫，他拍到了那把神祕雨傘確實存在的證據。

從軒鴻手中不翼而飛的紙傘，那名撐傘的女子是怎麼拿到的？她跟軒鴻的死有關係嗎？或者她跟軒鴻一樣，是輾轉從其他地方得到那把傘的呢？

要得到真相只有一個方法，就是直接跟對方問出答案，如果那名女子是經常往來那個車站的乘客，那麼只要守候在那個車站，一定就能再遇到她。

可惜照片沒有拍到正臉，接下來幾天也不會下雨，無法從長相跟有沒有攜帶紙傘這兩點來認出對方，不過沒關係，靠著照片上的髮型跟體型，以及個人的直覺，子曜還是有自信能在車站裡認出那名女子，就跟警察查案一樣，靠著照片裡的微小線索一個一個去問人，一定能找到答案。

回到家後，子曜先洗了個熱水澡將身上的濕冷氣息全都洗掉，換上乾爽的居家服後，子曜半躺在床上舒展著在火車上久站而痠痛的雙腿，一邊將那名女子撐傘的照片傳給依柔，並附上一句訊息：「我找到了。」

依柔很快顯示已讀，並回傳訊息：「在哪拍到的？」

「T火車站，我要坐車回家時拍到的，可惜我已經坐上車，沒辦法攔住她問話。」

子曜又輸入訊息。

「嗯，然後呢？」依柔回傳道。

然後呢？簡短的三個字，卻讓子曜感到一陣心寒。

子曜其實很清楚依柔的想法，她一直認為子曜努力尋找真相的行為註定是徒勞無功的。就算找到了，然後呢？他們還能做什麼？要是那把紙傘根本只是一把普通的傘，跟軒鴻的死毫無關係，那麼子曜這五年來的努力就一文不值，浪費了五年，本來以為這麼做能夠贖罪，最後卻只是一場空。

子曜又何嘗不知道這個道理？但他早已做出覺悟，就算在這條路盡頭等他的是虛無的深淵，他還是要繼續前進。

他頂多浪費了五年的時間，但軒鴻可是連性命都失去了。

「不管怎樣我都會繼續查，這是我的責任。」

子曜將這句訊息傳給依柔後，反手將手機螢幕蓋在床頭櫃上，熄燈閉上了眼睛。

*****

早晨，從窗戶外照進來的陽光跟子曜預告著，今天會是個大晴天。

因為刺眼的陽光而醒來的子曜走到窗邊往樓下看，發現昨晚下的大雨積水已經一點都不剩，只留下乾爽的路面，子曜特別喜歡在這種天氣上班外送。

雖然還要回T車站尋找那名女子的下落，但子曜今天已經跟公司排好上午的班，只能等晚上再過去了，畢竟那名女子昨天也是晚上才出現的，晚上過去遇到她的機率應該會高一點。

子曜梳洗完畢，穿上外送公司的防風外套，扛起外送包準備踏出家門時，外套裡的手機突然響起了來電鈴聲。

子曜忍不住皺起眉頭，他既沒有同事，也沒有特別要好的朋友，這種時間有誰會打電話給他？

拿出手機一看，來電號碼顯示是依柔，子曜決定先接起來再說：「喂？」

「子曜學長，」依柔劈頭就問：「跟你確認一下，你昨天傳給我的照片，你說是在T車站坐車的時候拍到的，對不對？」

「嗯，是啊。」

「我現在傳給你一個連結，你馬上看。」

子曜還來不及多說什麼，依柔下一秒就將電話掛斷，並用訊息傳來一個網址連結。

一看到網址開頭，子曜就認出那是國內最大的ＢＢＳ，他自己也是這個ＢＢＳ的重度使用者，每天都會滑上一段時間，經常有網友會在上面張貼勁爆的八卦，是各家記者挖新聞的藏寶地。

依柔是想讓自己看什麼八卦嗎？子曜抱持著懷疑，輕觸螢幕點進連結。

網址在手機上開啟了一個新頁面，是ＢＢＳ上的一篇文章，文章的標題寫著協尋兩個字，應該是有人想藉由網友的力量來搜尋失蹤的親友，在ＢＢＳ上常能看見這樣的貼文，子曜也見怪不怪了，但為什麼依柔要把這篇文章傳給自己？

子曜看了一下文章的發布時間，是今天早上、半小時前剛張貼的。

子曜將手指往下滑，眼神跟著文章裡的每行字句一起移動。

文章內容是這樣的：

打擾各位鄉民，想借用大家的力量幫我尋找妹妹。

妹妹於每天下班後，都會固定坐區間車從T車站返家，但昨天晚上她卻遲遲沒有返家，電話也打不通。

聯絡公司同事後，同事說她昨天準時下班回家了，目前已經報警協尋，但還是沒有妹妹的消息。

以下提供妹妹資料，希望大家一起幫忙。

姓名：連芯潔

年齡：二十三歲

身高：一六二公分

特徵：身材纖細，髮型長馬尾。

最後已知出現地點為T車站，站務員說昨天晚上有看到像妹妹的人，我們家的人目前也還在T車站附近積極找尋妹妹，這邊附上一張妹妹的生活照，照片中的衣服就是她昨天出門時穿的，若有鄉民昨天晚上經過T車站時有看到像我妹妹的人，請提供線索給我，謝謝。

家屬聯絡資料：連怡潔　0988-XXXXXX

光看文章內容的話，子曜還不覺得有什麼奇怪，因為BBS上有許多協尋文內容都是這樣，幾乎變成一種制式規格了。

但當文章所附的照片跟著手指滑動而出現在螢幕上時，子曜瞬間因為震驚而暫時停止了呼吸，他完全不敢相信自己眼前看到的畫面。

照片上的女孩有著一雙靈活的大眼睛跟像蘋果般紅潤的小圓臉，看得出來是位很可愛活潑的女孩子，但讓子曜感到驚訝的是她身上穿的衣服。

灰格子圖樣的背心洋裝，搭配長馬尾髮型，以及整體帶給子曜的感覺……他昨晚看到的那名在T車站撐開紙傘的女子，絕對就是這個失蹤的女孩，連芯潔。

子曜將外送包放到地上，現在的他已經完全沒有出門上班的心情了。

軒鴻五年前失蹤的過程，以及這篇文章所描述的內容，兩者就像來自同一個主人的指紋，仔細比對就能找到相符的地方。

軒鴻失蹤的那晚，以及芯潔失蹤的昨晚，都下著大雨。

兩人失蹤的時候，身邊都帶著那把神祕的紙傘。

這不會是巧合，不可能。

子曜將文章定格在文章的最後一行，家屬聯絡資料的部分。

「連怡潔……」子曜默唸著上面的名字，手指同時撥出電話。

5

在出發去T車站前，子曜先打電話給公司將上午選好的班退掉，好在外送員本身就是彈性上班的工作，臨時休假公司也不會有意見。

子曜跟對方約在T車站旁邊的咖啡店，先抵達的子曜原本想點咖啡來提振精神，但現在他整個人的情緒正處於緊張跟亢奮兼具的狀態，這時候再喝咖啡只怕會造成反效果，於是子曜換點了熱巧克力。

店員剛把熱巧克力遞到桌上，子曜在等的人就走進了店裡，為了方便認人，雙方已經先用通訊軟體交換過彼此的照片，而子曜一眼就認出來了，現在走進店裡的女子就是那名失蹤女孩的姊姊，連怡潔。

「連小姐，這邊！」子曜站起來朝對方揮手。

怡潔很快注意到子曜，快步走向子耀那一桌。

可能是因為徹夜都在找妹妹的關係，怡潔看上去有些憔悴，臉上的妝似乎是昨天沒卸掉的，已經有些糊了，但還是能看出怡潔的天生麗質。

「張先生嗎？對不起久等了。」

在怡潔拉開椅子坐下來時，子耀忍不住對怡潔多看幾眼。怡潔的身高看起來不高，但身體的比例很漂亮，配合貼身的牛仔褲，讓怡潔的長腿特別突出，是那種走在路上感覺很有自信、特別吸引男生目光的年輕都會女性。

子耀原本想問怡潔要不要點些什麼，但他很快就將這念頭打住，人家現在正心急如焚地尋找妹妹，可沒有時間悠哉喝咖啡。

「請問有芯潔的消息了嗎？」子曜問，他想先知道怡潔這邊有多少情報。

「還沒有，現在我們家的人都還在外面找，警察也在協助我們，希望能在黃金時間內快點找到芯潔……」怡潔疲勞地吐出一口氣，隨即打起精神注視著子曜，說：「我現在時間有限，等一下還要去其他地方找芯潔，所以麻煩你長話短說，你在電話中說你昨晚有看到芯潔，是真的嗎？」

怡潔的語速很快，用詞也毫不客氣，但子曜能理解她的心情，因為他在五年前就體會過那種感覺了。

「我昨天來這附近辦事情，從T車站要坐火車回去的時候，我拍到了這個。」

子曜從相簿中點出昨晚拍下的女子撐傘照片，然後將手機放到怡潔面前。

「請幫我確認一下，我拍到的這個人是芯潔沒錯吧？」

怡潔原本因為疲勞而半睜半閉的雙眼在看到照片後終於完全睜開來了，子曜這才發現怡潔有一雙富有靈性的漂亮大眼。

怡潔緩慢伸出雙手將桌上的手機放到眼前，凝視著照片說：「沒錯……雖然只拍到背面，但我不會認錯，芯潔她昨天就是穿這件衣服出門的！」

「請妳再看清楚一些。」子曜說：「她手上撐著一把紙傘對吧？傘面上有一名穿著和服的女人，妳對這把傘有印象嗎？」

「咦？」怡潔先露出困惑的表情，接著用手指將紙傘的部分放大，眉頭也深深皺起，子曜知道她正在腦海中搜尋關於這把傘的資訊。

子曜打鐵趁熱，繼續問道：「請幫我仔細回憶一下，這把傘不是你們家的嗎？或是這把傘是芯潔自己擁有的？」

「不、不太可能，我對這把傘沒印象。」怡潔說：「而且芯潔平常總是少根筋，就算天氣預報說今天百分百會下雨，她也不會帶傘出門，那把傘絕對不是她的……」

怡潔說完後，她突然意識到話題在不知不覺間完全被子曜帶著走，而且比起這張照片，子曜這個人似乎更可疑。

「為什麼你要問這把傘的事？這跟我妹失蹤的事有關嗎？」

怡潔將手機放到桌上用力一推，手機劃過桌面回到子曜面前。

「仔細一想，光是這張照片本身就很奇怪了，你為什麼要偷拍芯潔？請你解釋。」

怡潔將椅子往後拉，刻意跟子曜保持警戒距離。

子曜事先就預料到怡潔會有這樣的反應，但就算可能會被對方當成嫌犯對待，他也一定要賭賭看才行。

「我接下來要說的，是在五年前真實發生過的事，這件事跟妳妹的失蹤息息相關，甚至涉及到她的生命安全。我知道妳現在覺得我很可疑，但請讓我把這件事說完，聽完後妳再決定要不要相信我。」

子曜把杯子裡剩下的熱巧克力喝完，深呼吸一口氣做好心理準備後，從五年前在店裡發現那把畫著和服女子的神祕紙傘開始，還有發生在軒鴻身上的悲劇，一直到昨天晚上目擊芯潔出現的經過全都一五一十地告訴怡潔。

子曜也把在軒鴻手機裡發現的，那幾張手持紙傘前進的照片展示給怡潔看，在這種時刻，照片就是最好的證據。

全部說完後，怡潔低頭看著子曜手機裡的那些照片，沉默不語。

子曜表面上裝作鎮定，但怡潔的沉默已經讓子曜心裡的不安逼近極點，有時候這種不知道對方會如何回應的未知感才是最令人恐慌的。

「你……」怡潔終於有了反應，此刻她的眼神已明顯沒有敵意。「如果我們是在兩個小時前見面的話，我一定不會相信你的故事……但是現在，我選擇相信你。」

怡潔會這樣說，就代表兩小時前發生了一件事，而這件事跟軒鴻的故事有關，怡潔才會選擇相信子曜。

「兩個小時前，警察透過手機定位找到芯潔的手機，它被發現掉在一個排水溝裡。」怡潔將手機從口袋裡拿出來，這次換她有東西要給子曜看了。「警察把手機交給我們解鎖，我說過芯潔總是少根筋對吧？她的手機密碼就是她的生日，很簡單就進去了，然後我們在她的手機裡發現了這段影片，拍攝時間是昨天晚上。」

怡潔將手機正面轉向子曜，螢幕上的影片也開始播放。

影片的第一幕就讓子曜徹底呆住了，因為畫面呈現的視角就跟軒鴻失蹤前拍下的照片一樣，都是右手持傘、左手拿著手機，一邊前進一邊拍攝的。

影片開始的地點可以看出是在T車站前面，紙傘外的路面可以看到落下的雨水，也能聽到雨聲跟T車站吵雜的人聲，這應該是芯潔失蹤前在T車站所拍攝的影片。

影片的一開始，芯潔先是一語不發沿著T車站前的大街一直往前走，遇到第一個路口的時候，畫面轉向左邊，繼續前進，到下一個路口時又往右轉，繼續往前走。

子曜專心看著影片時，怡潔突然用手滑動影片的進度條，直接快轉到最後面。

「這一段比較費時間，因為芯潔接下來就是沿著那條路一直走，那條路很長，她走了大概二十分鐘，然後就是這裡……」

怡潔停下手指，畫面顯示芯潔已經走到了那條路的盡頭，是一大片的工地。

接著，芯潔終於在影片中講話了，雖然只有一句，但這句話讓子曜全身上下同時冒起雞皮疙瘩。

那句話，跟軒鴻五年前在電話裡留下的最後一句話一模一樣。

「要去雨夫人那裡……」芯潔在影片的最後說。

影片播放完畢，怡潔放下手機說：「芯潔的手機就是在工地旁的排水溝裡發現的，警察現在正以那個工地為中心在搜索。」

「他們找不到的……」子曜低聲說，但他很快發現自己失言，緊接著說：「對不起，我並沒有要唱衰的意思，我只是想說，這些事情都太奇怪了，妳不這麼覺得嗎？」

「我知道你的意思，有太多奇怪的巧合了。」

「首先是天氣，他們失蹤的時候都是下雨天，然後是那把神祕的紙傘，我朋友跟妳妹妹在失蹤前都帶著那把傘，還有他們在失蹤前都留下意義不明的照片跟影片，好像想記錄自己要去哪裡，但到達的地點卻沒有意義。」

軒鴻的照片以及芯潔的影片，兩者從剛剛開始就在子曜的腦中不斷交叉比對著，兩者的表現方式雖然不同，其中卻存在著相同的模式。

等那個模式在腦中逐漸清晰時，子曜向怡潔確認道：「妳有發現嗎？我朋友跟妳妹妹的移動方式一樣，他們都是先從一個起點出發，然後直走，遇到第一個路口後左轉，然後再右轉，一直往前走，直到抵達盡頭才停下來，彷彿那裡就是他們的終點。」

「嗯，這點我剛剛也發現了。」

怡潔將雙手放在大腿上，她看起來雖然冷靜，但子曜知道自己帶來的這些資訊，正讓怡潔心裡的騷亂越演越烈。

「你朋友五年前的死，最後是怎麼結案的？」怡潔問。

「警方從一開始就認定他是不小心跌進水窪裡溺斃的，最後也用意外結案了，時間久了之後，他的父母也接受這個答案，但我知道這絕不是真相。」

怡潔又說：「假、假設……你朋友五年前真的是被別人殺死的話，那麼從目前的發展看來，怡潔會是下一個受害者嗎？」

「很有可能。」子曜說。這瞬間，「連環殺手」四個字閃進子曜的腦海裡，但他知道現在最好不要說出這四個字。

「這件事我會再轉告警察，請他們加快腳步找到芯潔……」

「妳可以去跟警察說沒關係，但我不確定他們能幫多少忙，警察的態度可能跟五年前一樣，只把妳妹妹的案子當成普通的失蹤意外來處理，根本不會用心追查。」

「那我到底該怎麼做？」

「我可以幫忙。」子曜再次用手機秀出芯潔撐著紙傘的照片，並放到怡潔面前說：「妳剛剛說過，妳妹妹並沒有帶傘出門的習慣，對吧？」

「嗯，她總是到了下雨的時候，才後悔說沒帶傘出門。」

「重點就在這把雨傘，妳妹妹究竟是從哪裡拿到這把傘的？」子曜說：「五年前，我問過我們店裡的每個人，都沒人對那把紙傘有印象，它就像是突然出現在傘桶裡等著我去拿似的，倉庫裡也沒裝監視器，所以我查不到任何線索……而現在，我們可能有一個機會，可以查清楚這把傘是從哪裡來的了。」

6

「我們必須從妳妹妹失蹤的時間點開始，逆向去推測出她可能是在什麼時候，又是在哪裡拿到那把紙傘的？」

子曜將桌上喝光的熱巧克力杯子拿起來，當成說明用的道具。

「首先，這是芯潔出門的時間點，她那個時候並沒有帶傘，對吧？」子曜將杯子放到桌子邊緣，代表芯潔出門上班的時間點。

怡潔沒有說話，只是抿住嘴唇盯著杯子。子曜知道怡潔還在猶豫要不要真的相信他，這個突然跑出來說芯潔的失蹤竟然跟一把紙傘有關的陌生人，真的值得信任嗎？

子曜決定先繼續往下說，他用手指從杯子旁邊畫出一條隱形的時間線，一邊說：「然後時間往下走，一直到下班時間，怡潔通常是幾點下班的？」

「差不多六點。」怡潔說：「她會先從公司走到W車站，再從W車站坐到T車站回家。」

「好，那這邊就是六點。」子曜將手指停住，並在那個位置放上鑰匙圈，代表芯潔的下班時間點。「昨晚六點已經開始下雨了，雖然雨勢沒有很大，但也是會把人淋濕的程度，這時候芯潔剛下班，發現自己沒有帶傘，依妳對她的瞭解，她會怎麼做？」

「她一開始會覺得很懊惱，後悔自己早上離開家門的時候為什麼不帶傘，然後發誓下次一定要記得帶傘，這種抱怨我已經聽她講過上百遍了，她的個性不允許自己被淋濕，不管是跟同事借或是撐同一把傘，她一定會想辦法拿到雨傘。」

「也就是說，芯潔一定會花時間在公司裡弄到雨傘，然後再離開公司、走去W車站囉？她有可能會去便利商店買傘嗎？」

「不可能，她不會花那種錢。」怡潔肯定地說。

「那我們就可以將範圍縮小到這之間了。」

子曜把手機放到鑰匙圈旁邊，代表最後一個時間點，也就是芯潔從公司離開的時間。

「從芯潔下班到她真的離開公司的這段時間內，她從公司的某個地方或是某個人手上拿到了那把紙傘，這是很重要的線索。」子曜指著鑰匙圈跟手機之間的空白地帶，抬起頭問怡潔：「妳認識芯潔的同事嗎？他們之中或許有人能幫我們找到答案。」

怡潔輕皺眉頭凝視著那段空白，沉思一小段時間後，她站起身來說：「我先去外面打個電話，等等回來。」

怡潔走出咖啡店後，子曜透過落地窗玻璃看著打電話的怡潔，從怡潔的表情看來，應該在跟對方討論很重要的事情。

到了現在子曜還是無法確定怡潔的想法，她究竟願不願意相信他？要是怡潔不相信，她現在的這通電話很有可能是在報警，因為現在看來子曜絕對是第一嫌疑犯。

就算這樣，子曜也只能坐在這裡等怡潔回來，不管怡潔是在跟誰講電話，子曜都決定要賭賭看了。

怡潔掛掉電話後走回咖啡店，她開口第一句話就讓子曜的心情盪到谷底。

「我剛跟警察通完電話。」

還好，怡潔的第二句話又把子曜拉了回來：「他們剛好要去芯潔的公司調監視器畫面，我說我也要去，你呢？」

「我也一起去。」

子曜迅速站了起來，這是他這五年來感覺最有幹勁的時刻。

*****

從T車站坐區間車到W車站大約只要十分鐘，芯潔上班的地方就在W車站旁邊。通勤的高峰時間已經過了，區間列車上沒多少乘客，座位很多。

雖然還有很多話想跟怡潔說，但子曜顧慮到雙方才剛認識，所以刻意在自己和怡潔中間隔了一個人的位置，保持一點距離。

列車從T車站發動後，子曜轉過頭看著怡潔說道：「那個，謝謝妳。」

「嗯？謝什麼？」

「謝謝妳願意相信我啊。」子曜苦笑著說：「其實妳可以不用理我，繼續去找妳妹妹的，因為就算以那把紙傘為線索，也不確定真的能找到她，一切可能都是我自己的一廂情願，覺得只要知道那把紙傘來自哪裡，就能知道我朋友不幸死去的真相，也能找到妳妹妹……」

「沒關係，不用在意這個。」怡潔說：「現在同時還有警察跟家裡的其他人在找芯潔，我這邊用不同的線索去找，也可以增加找到芯潔的機率。」

與其矇著眼睛亂找，不如先有個方向是吧？

「可以請問妳從事什麼工作嗎？」子曜問。

「公關公司的業務，是很有趣的工作。」

「啊，難怪。」子曜用一種理所當然的語氣感嘆道。

「為什麼這麼說？」怡潔對子曜的反應感到好奇。

「從一開始見面到現在，妳都給我一種不設限、願意接受任何挑戰跟可能性的感覺，甚至願意信任我這個人，妳在工作領域上一定很優秀吧。」

「還好啦，做這種工作就是要跟各行各業的人打交道，偶爾也會遇到一些專門騙人的傢伙。」

怡潔看向子曜，第一次露出放下心防的笑容。

「之前的經驗告訴我，你絕對沒有騙人。」

＊＊＊＊＊

芯潔的公司在W車站旁的一棟辦公大樓，怡潔跟子曜抵達時，員警已經先到了。員警在管理室櫃檯後面，本來似乎在跟管理員商量什麼，一看到怡潔出現，馬上朝她揮了揮手：「連小姐，這邊！」

怡潔帶著子曜一起走到櫃檯裡面，員警有些懷疑地注視著子曜，怡潔主動說：「這是我同事，來幫忙的。」

員警點點頭，沒再多說什麼，他指著管理室桌面上那些令人眼花撩亂的監視器畫面，說：「我已經請管理員調出妳妹妹昨晚離開公司時的畫面了，看起來沒什麼可疑的地方，不過以防萬一，還是請妳也看一下比較好。」

「沒問題。」怡潔說。

員警用眼神朝管理員示意，管理員馬上操作滑鼠，在其中一個螢幕上播放出影片。子曜跟怡潔一起站到管理員後面，兩人彎腰將頭往前探，好把影片看得更清楚一點。

那是一台架設在管理室後方牆上的監視器，能清楚拍到門口跟大廳的動態，任何人出入都不會放過。

影片剛開始播放，芯潔就出現在畫面上了，她站在門口東張西望，一副很煩惱的樣子，此時可以看到門外已經有雨滴落下，看來芯潔正因為自己沒帶傘而在傷腦筋。

接著，芯潔像是做出什麼決定般轉身走回大樓裡，消失在監視器的範圍內，但沒等多久，她又再次出現在畫面裡，此時的她手上已經多了一把傘，從外型來看，正是那把紙傘沒錯。

如果光是這樣，還不足以讓子曜感到吃驚，但接著發生的一幕，讓子曜直接「啊」一聲在心裡喊了出來。

芯潔走到門口將紙傘撐開來時，一個高大的黑色人影同時從紙傘裡竄出，站在芯潔的身邊。

子曜一眼就認出來，那人影就是傘面上的和服女子。

監視器畫面的解析度並不高，但那和服女子的樣貌卻異常清晰，白皙的臉孔、哀傷低垂的神情，以及黑紅交錯、宛如濺上鮮血的和服，就像是完全獨立於畫面外的存在。

芯潔撐開紙傘要走出門口時，和服女子也微微抬起頭來，她彷彿知道此刻有人正在看她，她冰冷的眼神跟監視器對個正著，一股惡寒透過畫面直鑽子曜的身體深處。

芯潔走出門口後，和服女子也將身體轉了過去，跟芯潔一起消失在畫面上。

管理員按下滑鼠將影片暫停，員警問了一句：「怎麼樣？你們有發現什麼奇怪的地方嗎？」

「咦？等一下……」子曜控制著體內的寒意，盡可能用平靜的語氣問道：「剛剛那是怎麼回事？你們都不覺得那個和服女子很奇怪嗎？」

「和服女子？」員警跟管理員互看一眼，兩人都是一臉疑惑。

「不是就在畫面上嗎？你們剛剛都沒看到嗎？」

子曜轉頭看向怡潔，希望能獲得她的支持，他已經受夠只有自己一個人在堅持的日子了。

怡潔抓住子曜的衣角，將他往後拉了一下，同時用眼神對子曜示意，代表子曜看到的，她也看到了，只是不適合現在討論，因為現在很明顯只有他們兩個看得到那名和服女子。

怡潔轉換話題，向管理員問道：「我妹妹出門的時候並沒有帶傘，請問你知道她離開時拿的那把傘是怎麼來的嗎？」

「應該是從傘架上拿的。」管理員朝大廳角落撇了一下頭，說：「我們物業公司會提供公家傘在那邊給這裡的員工使用，不過他們常常借了都不還，讓我們很煩惱。」

子曜跟怡潔朝角落看去，果然有一個傘架擺放在那裡，上面插著兩把印有物業公司商標的雨傘。

怡潔問：「請問監視器能拍到那裡嗎？」

「那邊剛好是死角，公家傘本來就是消耗品，所以公司也不管這個……」管理員有些懶得管地說著。

員警接著又跟管理員問了一些小問題，然後跟怡潔承諾警方會用最快速度找到芯潔後就先離開了。

子曜知道就算跟警方說出那把紙傘的事情，警方也只會當成他的妄想，子曜這五年來已經習慣這種感受了。

而且剛剛只有他跟怡潔看得到影片裡的和服女子……直覺告訴子曜，和服女子是故意讓他們兩個看到的，因為他跟怡潔有一個共通點，就是都跟失蹤者有直接關係。

——想救出失蹤的人，就要先找到我。

和服女子彷彿在影片中這麼說著。

7

子曜跟怡潔在傍晚的下班時間回到T車站，通勤的上班族跟學生陸續湧出，出入車站的人潮明顯變多了。

兩人回到今天最初見面的咖啡廳，明明沒什麼胃口，子曜還是幫怡潔點了布朗尼蛋糕跟奶茶，在心情不好或是腦袋亂哄哄的時候，高熱量美食是最能穩定情緒的了。

子曜在外送中遇到處處刁難的奧客時，下班後就一定會買包鹽酥雞回家吃，沒有什麼負面情緒是美食解決不了的。

「先吃一些吧，甜食可以幫助腦袋思考。」子曜先拿了一塊布朗尼丟進嘴裡，並把盤子推到怡潔前面。

怡潔瞄了一眼布朗尼，但沒有伸手去拿的意思，從怡潔緊皺在一起的眉頭中可以看出，她現在的思緒仍深陷在思考中，暫時無法跳脫。

子曜大概能猜到怡潔在想什麼，她現在應該正絞盡腦汁，努力要推測出那名和服女子跟芯潔之間的關係吧。

芯潔公司的監視器畫面中，和服女子明顯是故意現身給他們兩個看的，這種刻意的行為讓子曜聯想到懸疑電影裡的綁架犯，犯人會不斷放出線索來提醒主角要做什麼才能救出人質，沒做到的話就會殺掉人質。

五年前，軒鴻死了，子曜可能在過程中忽略或遺漏了什麼，才會讓軒鴻死去，但他們這次有機會可以救出芯潔。

但有一點子曜無法理解，軒鴻失蹤後，遺體隔天早上就被發現了，犯人根本沒有給子曜足夠的時間，而芯潔失蹤到現在已經整整一天，她的遺體尚未被發現，代表芯潔仍有可能活著，為什麼犯人給兩人的時間會差這麼多？難道有其他因素在影響這一點嗎？

「在想什麼？」

子曜耳邊聽到怡潔的聲音，他晃一下頭回過神來，發現怡潔正在看他，原來他剛才也陷進無我的思考領域中了。

「就……在想是不是還有我沒注意到的地方之類的。」子曜說。

「那麼你想到了嗎？」

「很可惜，一點頭緒也沒有。」子曜搖著頭說，但真的是這樣嗎？在聽到怡潔的叫喚之前，子曜的思緒似乎正慢慢掌握到一件事，或者說是一種現象。

軒鴻失蹤時，這種現象曾經發生過，接著軒鴻的遺體就在隔天早上被發現。

但芯潔失蹤之後，這種現象還沒發生，所以芯潔現在還沒被找到，這也是犯人給芯潔更多時間的原因……

是什麼？那是什麼？就在子曜快掌握住的時候，怡潔的聲音把他從思考中喚醒。

「能請你再仔細描述一次那把紙傘嗎？」怡潔說：「現在唯一親眼看過並摸過那把紙傘的人只有你，我想知道更多關於那把傘的細節。」

「是可以啦……」

子曜將五年前在披薩店的傘桶裡找到紙傘的經過又敘述了一遍，但這些內容他一開始跟怡潔解釋來龍去脈的時候就講過一次了，細節都是重複的，不曉得怡潔這次聽過後，會有什麼新的發現嗎？

子曜全部講完後，怡潔像是早就準備好問題似的，馬上追問道：「你說那把紙傘給你一種很與眾不同的感覺，為什麼你會這樣覺得？」

「其實當時的我還沒有這種感覺，但這五年來我為了尋找那把紙傘，國內所有以紙傘聞名的觀光景點、每家製傘的工廠，我全都親自拜訪過了，他們製造出來的紙傘……該怎麼說呢，光是握在手上的感覺就不對了，不管是傘骨傘架的結構或是傘面畫工的精緻度全都不能比，兩者間的工藝完全不是同一個層次，那些工廠的紙傘製造出來只是為了賣錢，但那把神祕的紙傘不一樣，它像是經過嚴密的客製化，是為了某個專屬的人而製作出來的。」

子曜全部講完後才發覺自己可能說得太抽象了，連忙對怡潔說：「對不起，這些都是我主觀的想法，妳聽不懂也沒關係。」

「你明天有空嗎？」

「欸？」怡潔突如其來的問題讓子曜愣了一下才回答：「明天有預訂排班，不過我可以退掉。」

「那就是有空囉。」怡潔又說：「明天跟我一起去找一個人，那個人或許知道那把紙傘的來歷……不，搞不好那根本就是他的作品。」

一次湧入的情報讓子曜難以消化，他只能結巴地問：「那、那個人是誰？」

「我們公司去年曾經承辦過以各地文化為主題的觀光宣傳活動，其中也包含了以紙傘文化聞名的鄉鎮，我們公司那個時候有找到一位傳說中的製傘師傅，想請他加入宣傳的陣容。」

「傳說中的製傘師傅？」子曜歪著頭確認道。

「嗯，據說他每年製作出的雨傘數量非常少，一年的產量只有個位數，其中一個原因在於他有另外的工作，製傘只是他的興趣，另一個原因在於，他堅持每個跟他買傘的人都要經過他的審核，在經過深度的聊天對話、確認對方值得信任後，他才會開始製傘的工作，他希望每個人都能一輩子妥善保管這些雨傘，對他來說，親手製作出來的雨傘都是有生命的，我們公司認為他對紙傘的堅持是很好的宣傳話題，於是向他詢問合作意願，沒想到他直接拒絕了我們公司，還說他的雨傘不需要這種宣傳。」

「每把製作出來的雨傘都有生命……感覺真的有點玄，去找他搞不好真的能問到什麼。」

「我是剛剛才想到這件事的，因為去年這個案子我並沒有參與，但我有聽到負責承辦的同事在抱怨那個製傘師傅，他拒絕的態度似乎很高傲，我再跟同事打聽一下，應該能問到那位製傘師傅的地址，明天我們一起坐車過去，直接上門的話，就算他想拒絕我們也躲不掉了。」

怡潔拿出手機準備打給同事，她的眼神堅定，只要芯潔還有活著的可能性，她就不會放過任何機會。

子曜看著怡潔撥打電話，就在這時，子曜剛才一直無法掌握到的事情突然靈光乍現般蹦了出來，明明沒有刻意去思考，但有些事情就是這樣，突然之間就想通了。

「我知道了！」

子曜用力在桌面拍了一下，嚇得怡潔停下撥電話的動作，周遭的幾位客人跟店員也看向子曜這一桌。

但子曜現在沒有心思顧慮其他人，他像是憋了好久的氣，把剛才出現的想法一股腦兒說出來：「我知道為什麼了！為什麼軒鴻失蹤後，他的遺體隔天就被發現，但芯潔已經失蹤一整天了卻還沒有消息，原因就在下雨！雨停了，然後又下雨了！妳明白嗎？」

子曜的音量引來店員跟其他顧客不悅的目光，怡潔比出手勢要子曜小聲一點，然後問道：「我聽不太懂，你先吃塊布朗尼，冷靜下來慢慢說。」

這次換怡潔把裝布朗尼的盤子推給子曜，子曜也發現自己太激動了，他拿起幾塊布朗尼丟到嘴裡，咀嚼幾口吞下去後繼續說：「軒鴻失蹤的那天晚上有間歇性降雨的現象，他失蹤後雨曾暫時停過，到早上才又開始下雨，警察跟我說過，軒鴻就是在那時候被發現的。」

子曜不確定怡潔能否馬上聽懂自己想表達的意思，儘管有些擔心，但也只能繼續說下去。

「芯潔也是在雨天失蹤的，但從她失蹤到現在就沒再下過雨，如果順著軒鴻被發現時的邏輯推測，等天空又開始下雨，就是芯潔的遺體被發現的時候……」

子曜說完後，有些顧慮地看向怡潔，因為這個假設等於做出了芯潔的死亡預告——只要下雨，就是芯潔的死期。

怡潔沒有反駁子曜的假設，但也沒有贊同，她的眼神盯著桌面，似乎又陷入一開始的思考模式。

「如果妳沒聽清楚，我可以再解釋一次……」

「我知道你的意思，總之要在下次下雨前找到芯潔就是了。」怡潔抬起頭說。

「嗯，如果真是這樣，那就可以暫時安心，因為氣象預報上說昨天是近期的最後一波雨勢，這幾個禮拜都不會再下雨。」

子曜這麼說原本是想安撫怡潔，沒想到怡潔的表情變得更加緊繃。

「有些降雨是連氣象預報也無法百分百掌握的，如果這個假設是真的，那我們應該要更擔心才對。」

怡潔拿起手機，手指飛快撥出同事的電話，同時對子曜問：「等一下問到地址後，我就要直接出發過去了，你跟嗎？」

看來自己提出的假設開啟了怡潔的全速運轉模式，她已經無法等到明天，既然如此，子曜也只能豁出去了。

「加我一個吧。」

子曜做出覺悟，看來今天不會這麼快就結束。

8

怡潔打電話給同事詢問時，對方正在公司裡加班趕案件，但他一聽到怡潔的請求就馬上放下手邊工作，從電腦裡調出去年拜訪那位製傘師傅時留下的資料，直接傳給怡潔。

那名製傘師傅姓許，居住在離T車站約半小時車程的一個郊區鄉鎮，怡潔也不管對方有沒有在家，直接從T車站攔了一輛計程車就要過去，子曜知道怡潔心意已決，只能上車跟著過去。

車程中，計程車司機本來還想跟怡潔閒聊兩句，但怡潔都用「嗯嗯喔喔」幾個字打發過去，司機自討沒趣，只好默默開車，怡潔則是不斷在車上用手指關節敲擊車窗，或是頻繁地抬頭看向天空。

子曜知道怡潔為何如此緊張焦躁，因為她在擔心天空會不會突然下雨，若子曜的假設成真，當天空再次下雨時，芯潔的遺體就會出現在某個水窪，等著被人發現……

「到了，就是這邊。」

抵達目的地時，司機將車停在一棟位於巷子裡的平房前方，平房旁邊還有一間像是工廠的鐵皮屋，鐵皮屋內燈火通明，似乎還有人在裡面工作。

怡潔先將車資付清，然後對司機說：「大哥，你能在巷子外面等一下嗎？我們進去找個人，要走的時候再坐你的車。」

司機點頭答應，並將車子停到巷外等候，怡潔跟子曜則是一起朝鐵皮屋走去。

鐵皮屋內發出來的燈光在入夜後的郊區顯得特別顯眼，透過燈光，子曜看到鐵皮屋外擺放著許多木琴，而且各種款式都有，看來製作木琴才是這位製傘師傅的真正工作。

走到鐵皮屋門口後，可以從屋裡聽到鏘鏘鏘的敲擊聲，怡潔伸出手在門口拍了兩下，大聲問道：「請問許師傅在嗎？」

屋內的敲擊聲戛然而止，很快的，鐵皮屋的門被打開來，探頭出來的是一名四十多歲的中年男子，男子留著粗獷的長髮，外表看上去有種狂野藝術家的氣息。

「你們是誰？」男子懷疑地打量著怡潔跟子曜，或許是不喜歡工作中被打擾吧，男子的眼神很不友善。

「請問是許師傅嗎？」怡潔禮貌地問道。

男子點點頭回應，怡潔拿出名片，雙手遞交到許師傅面前。

「你好，我是賽亞宣傳公司的怡潔，我們公司去年有跟你接洽過，不知道許師傅還有印象嗎？」

許師傅單手拿過名片看了一眼，隨即發出嘖嘖聲說：「我對你們公司有印象啊，去年好像為了觀光主題，所以想拿我做的雨傘一起去宣傳……不過你們也看到啦，我主要是做樂器的，雨傘這種東西我心情好的時候才會偶爾做個一兩把。」

「這點我知道。」怡潔附和道：「許師傅你堅持每把製作的雨傘都有生命，所以會嚴格篩選委託製傘的客人，確保他們能珍惜手中的雨傘，這點讓我十分敬佩。」

「既然都知道了，那還來找我幹嘛？」許師傅抬起臉孔，用高傲的態度說道：「我跟那些量產雨傘賣給觀光客的工廠不一樣，不需要任何宣傳，這點我已經跟妳公司說過了不是嗎？」

「是的，這些我都知道，但我今天來找許師傅並不是為了工作，而是想請教一件事情……」

怡潔拿出手機放到許師傅的面前，手機螢幕上是子曜在T車站拍下的，芯潔撐著紙傘的照片。

「請問許師傅有看過照片中的這把紙傘嗎？」

許師傅將臉貼近手機螢幕凝視兩秒，接著搖搖頭說：「傘面上的圖案畫得很漂亮，但我從來沒看過。」

「可以請師傅你再想一下嗎？」子曜也加入話題，追問道：「這把傘有沒有可能是許師傅你以前的作品，只是你不記得了呢？」

「少在那邊胡說！我製作出去的每把傘長什麼樣子，我都記得一清二楚好嗎？」

子曜的問題引起了許師傅的不悅，他作勢要關上鐵皮屋的門，準備送客。

許師傅要是把門關上，就沒有機會問他問題了，子曜把握住關門前的最後一瞬間，問道：「師傅，你聽過『雨夫人』嗎？」

許師傅關門的手，果然在聽到「雨夫人」這三個字的時候停了下來。

「你們從哪裡聽到這三個字的？」許師傅瞪著眼睛問。

子曜跟怡潔互看一眼，事到如今，只能如實跟許師傅說出來意了。

他們各自將軒鴻跟芯潔的失蹤經過，以及兩人最後都留下了「雨夫人」這三個字的訊息，全都告訴許師傅。

許師傅聽完後，他先是思考了一會兒，然後說了句「等我一下」，接著轉身走進鐵皮屋內將電燈關掉，然後再出來指著旁邊的平房說：「去我家坐一下吧，有件事情也許你們會感興趣。」

子曜跟怡潔也沒有其他選擇了，於是跟許師傅一起走進平房裡。

許師傅將電燈打開後，可以看到平房的客廳打理得非常乾淨整齊，跟許師傅本人狂野的外型完全不搭。

「你們既然知道雨夫人，就代表你們不是開玩笑的。」許師傅倒了兩杯水放在桌上，然後盯著怡潔說：「特別是妳妹妹，她現在很危險，你們最好快點找到她。」

「許師傅，你知道雨夫人是什麼嗎？」怡潔問。

「我也只是聽過而已，不曉得她的真面目。」許師傅從桌子底下拿出菸灰缸，直接點起一根菸說：「首先，我並沒有騙你們，我之前真的沒看過那把紙傘，不過現在看起來……紙傘上的那個女人，應該就是雨夫人沒錯。」

許師傅轉過頭，將菸霧吐向沒人的側邊，然後繼續說：「你們不會覺得很奇怪，為什麼一個做樂器的，竟然會在閒暇之餘做紙傘嗎？其實都是我爸教我的，我跟我爸都不是當地人，而是住在一個山區的村莊裡，聽說那個村莊以前製傘也很有名，後來慢慢沒落了，我爸才帶著我來到城市居住，製傘的技術還有每把傘都有生命的理念，全都是我爸教我的。」

許師傅這時又吸了一口菸，怡潔趁這時問道：「那麼，請問令尊現在……」

「他已經走了，十年前就不在了。」許師傅說：「說起來好笑，我爸雖然教我製傘，但他不希望我去賣傘，單純是捨不得技術失傳才教我的。我不想讓這份技術沾上銅臭味，所以我現在很少做傘，真的要做的話，我也只賣給可以信任、一輩子會珍惜這把雨傘的客人。」

許師傅把菸頭放在菸灰缸上點了幾下，然後挑起眉毛看著子曜跟怡潔，說：「雨夫人的事情，也是我爸跟我講的。」

子曜跟怡潔兩人同時都繃緊神經，豎起了耳朵，不敢漏聽接下來的每個字。

「我小時候跟我爸還住在山上村莊的時候，每隔五年，村裡的大人都會叫小孩不要在下雨天出門，不然會被雨夫人抓走，那好像是只存在於我們村莊的禁忌，每隔五年的雨天，名為雨夫人的怪物就會化身成雨傘出現，殺掉村裡的人。」

許師傅又吐出一口菸，他的眼神看著菸霧，回憶起了過去：「我有個朋友就是因為雨夫人而失蹤的，那時我們有好幾個人一起出去玩球，剛好遇到下雨，就一起到涼亭下躲雨，結果他手中的球掉了下來，滾呀滾的滾出涼亭，沿著階梯一直滾到看不到的地方，他跑出去找球，就再也沒有回來了，我們躲在涼亭裡不敢出去，直到雨停後才去找大人幫忙，等幾天又開始下雨的時候，大人們才在路邊的水窪裡找到他的屍體，儘管大人們沒有說，但我們都知道他是被雨夫人殺死的。」

「五年……」子曜喃喃說著：「軒鴻也是在五年前失蹤的，果然……」

「你們以為我為什麼會請你們進來坐？因為你們發生的事情跟我村莊的傳說一模一樣，我才相信你們絕對沒有說謊，而是真的遇到雨夫人了。」

「但是……那個傳說不是只存在於你的村莊嗎？為什麼現在會出現在城市裡？」

「我跟我爸搬走後，我聽說很多村民也都離開了，現在不曉得還有沒有人住在那裡，那個雨夫人搞不好在山上找不到獵物，才會到城市裡狩獵。」

許師傅把菸抵在菸灰缸裡熄滅，又說：「關於雨夫人的故事，我只知道這些了，要是我爸還在的話，他一定知道更多內幕，但可惜……」

「許師傅，請問你之前住的那個村莊叫什麼名字？」怡潔問。

「佳元村，Google 地圖上還能找到資料，但沒人知道那裡現在的情況。」

許師傅看著怡潔，第一次露出了擔憂的眼神。

「我知道妳為了救妹妹是非去不可的，但我還是要提醒妳，去那裡一定要小心……或許雨夫人下山狩獵的目的，就是為了把人引上山。」

9

佳元村，一個位於中南部山區的小村莊。

就如許師傅所說，它是一個在網路上除了地名以外，什麼資料都沒有的村莊。

子曜在電腦上不斷輸入佳元村跟各種詞語的搭配去搜尋，回到家之後，他連衣服都沒換就全心投入調查佳元村的工作當中。

雨夫人、雨傘、失蹤……不管子曜在佳元村的後面加上什麼詞，搜尋結果跑出來的就只有佳元村的位置，完全沒有其他資訊，就連在 Google 地圖上的評價也是零，彷彿沒有觀光客去過那裡似的，簡直是祕境中的祕境。

試過無數個搜尋組合後，子曜在椅子上伸了個懶腰，他有些事情一直想不透，許師傅明明說過「佳元村曾以製傘聞名」，既然如此，應該有相關資料可查才對，為什麼網路上一點資料也沒有？

還有，許師傅說是因為村莊沒落的關係，父親才帶他搬到城市裡，但村莊沒落的原因又是什麼？難道是因為對雨夫人的恐懼，讓村民們陸續搬走嗎？若真是如此，那麼現在還有人居住在佳元村嗎？或是已經變成廢村了呢……

手機的鈴聲打斷了子曜的思考，子曜拿起手機一看，是怡潔打來的。

子曜接起電話，還來不及打招呼，怡潔就先說道：「你還沒睡吧？」

「還沒，正在查佳元村的資料。」子曜強打精神，但睏意仍讓他打了個哈欠。

「有什麼收穫嗎？」

「沒有，那地方神祕到像是完全不存在一樣，要等到那邊後才能清楚狀況。」子曜問：「車的事情搞定了嗎？」

從許師傅家坐計程車回到T車站後，子曜跟怡潔便各自回家結束今天的行程，但分開前他們已一起做出決定，那就是明天一起出發前往佳元村打聽雨夫人的線索。

不過要去佳元村，交通是個大問題，佳元村像是一個禁地，每條公車路線都巧妙地避開它，唯一前往的方法只剩自己開車，子曜只有機車，因此必須請怡潔跟家人借車。

怡潔說：「我跟家人們說過了，他們同意把家裡的車借我一段時間，畢竟我們這一趟可能不會當天就回來。我不想空手而回，至少要在那裡找到一些東西我才甘願。」

「妳把我們目前查到的都告訴他們了嗎？」

「全說了，我爸媽都贊成我循著這個方向去找芯潔，他們也會留在市區跟警察一起繼續努力找人……說是這麼說，但我感覺得到，他們整天下來已經筋疲力盡、無計可施。他們跟我一樣，把希望都寄託在這條線索上。」

「那我們絕對不能讓他們失望，也不能讓芯潔失望，她一定也在等妳去找她。」子曜說：「明天早點出發吧，我早上七點在T車站等妳。」

跟怡潔約好時間後，子曜掛掉電話看著螢幕上開著的搜尋網頁，輕嘆一口氣後果斷將電腦關機。他知道網路已經無法幫他們更多了，明天抵達佳元村後，他跟怡潔只能靠自己。

——或許雨夫人下山狩獵的目的，就是為了把人引上山。

許師傅說的這句話，突然出現在子曜的腦海裡。

若真是這樣，那雨夫人究竟會怎樣來迎接他們呢？子曜已經等不及要見識了。

*****

隔天早上七點，子曜準時出現在T車站，他一走出車站就看到怡潔坐在一輛黑色休旅車的駕駛座上，正在對子曜揮手。

子曜小跑步過去，直接坐到副駕駛座上，同時打量了一下車上的環境。

車上瀰漫著芳香劑散發出的花香味，一聞到這股氣味，子曜的思緒彷彿被洗滌了，因為沒睡飽而變得沉重的腦袋也變得輕盈起來。

怡潔家的車雖說是休旅車，但車體偏小，很適合一般的小家庭旅行，就算開上山路也很好操控，雖然不知道怡潔有多少開車經驗，但既然坐上來了，子曜也只能相信怡潔的駕駛技術。

怡潔開車出發前往佳元村後，子曜拿出手機點出氣象預報的ＡＰＰ，今天全國各地都是晴朗的天氣，降雨機率零。

其實子曜在出門前就看過天氣預報了，但他還是不放心地反覆確認，因為只要一有降雨的可能，那最糟的事態就會發生。

不過在雨夫人的邏輯中，降雨的定義又是什麼呢？整個國家的土地這麼大，是任何一個地方下雨就算，還是只有特定區域降雨才算呢？

子曜從昨天晚上就一直思考這個問題，畢竟這跟芯潔的性命有直接關係，但目前的情報還是太少了，再怎麼想也想不出答案，一切還是要等到了佳元村再說。

怡潔整條路上一直默默開著車，她的想法跟子曜一樣，現在說再多也只是空談，就看佳元村裡究竟有什麼在等著他們吧。

怡潔按照 Google 導航的指示開上山路後，路邊的建築物越來越少，脫離城市的感覺也越來越強烈，窗外只剩翠綠的山景跟懸崖，剛上山時還有幾輛車從反方向出現，跟怡潔的休旅車交錯而過，但漸漸地已看不到其他車輛，整座山像是只剩下子曜跟怡潔兩個人。

「快要到了。」

怡潔看向導航螢幕，上面顯示離佳元村只剩兩百公尺，再過一個彎道就到了，但子曜從這裡看不到建築物的屋頂，周遭道路也沒有人煙活動的跡象，他開始懷疑，佳元村是真的存在嗎？

轉過彎道後，眼前仍是蜿蜒的山路，但道路從一條變成了兩條，一個岔路口無預警地出現在車子前方，右邊的岔路上插著一塊腐鏽到隨時斷掉都不意外的路牌，牌面上被暗紅色的鐵鏽覆蓋，但還是能依稀看出上面寫著的幾個字：「歡迎蒞臨佳元村。」

怡潔將車子開向右邊道路，慢慢停在那塊路牌旁邊後，導航發出了提示聲：「已抵達目的地。」

「這裡？」子曜降下車窗，探頭往外張望，但車子前面除了那塊路牌之外，只有繼續往前延伸的山路。

「看來 Google 上定位的佳元村，只是這塊路牌而已……」怡潔盯著前方的道路，說：「真正的佳元村應該就在前面，我想我們快到了。」

子曜把頭縮回車內，跟怡潔一起看著前面的山路，從路面上散布的落葉跟碎石判斷，這條路已經有一段時間沒人行駛過，荒涼的氣氛讓這條路看起來陰森恐怖，但都來到這裡了，子曜可不想輕易回頭。

「繼續走吧。」子曜說。

不需要子曜提醒，怡潔已經踩下油門，繼續朝佳元村前進。

******

往前開了一段路後，子曜跟怡潔終於看到久違的人造建築物，那是一棟類似雜貨店的平房建築，拉下的鐵門前方擺著許多腐朽斷裂的木架，應該是以前拿來擺設貨品用的，鐵門也滿是鏽跡，明顯無人居住。

繼續往前開，類似的平房建築接二連三出現，有看起來像果菜店、門口疊著許多菜籃的房子，也有門口放著裝滿廢油的鐵桶、看起來像車行的店家，這些房子的共同點都是積滿塵埃，彷彿已被主人遺棄，任由它們在深山裡廢棄、腐蝕。

至少要找到一個當地人打聽消息……子曜跟怡潔抱著這樣的想法，繼續往村子裡深入。

很快的，休旅車開到了建築物比較密集的地方，顯然這裡就是佳元村的中心地帶，這裡的房子跟之前的店家不同，建物都蓋得比較大，門窗也相對寬敞，看起來不像一般的住宅，而是一間間小工廠。

「喂，這些房子會不會就是佳元村之前的製傘廠啊？」子曜轉頭想問怡潔，怡潔卻直接停住車子，頭部像被固定住似地朝左邊轉了九十度，動也不動地看著車子左側。

怡潔的突然剎車讓子曜感到不安，他小心問道：「怡潔，妳看到什麼了？」

「……她在那裡，我看到了。」怡潔喃喃說著。

「誰在那裡？妳看到誰了？」

「芯潔在那棟房子裡，我看到她了！」

怡潔最後一個字剛說完，她已經打開車門，以子曜來不及阻止的速度跑向正前方的房子。

「怡潔！等一下！」子曜匆忙下車追過去。芯潔會出現在這裡？如果真的能這麼順利找到芯潔，那當然是最好的結果，但子曜知道絕對沒這麼簡單。

等子曜繞到駕駛座那一側的時候，怡潔已經跑進房子裡，不見蹤影。

怡潔跑進去的房子正是那些小工廠的其中一間，工廠的門窗都已拆掉，裡面寬廣的空間活像怪獸的胃部，等著消化每個走進去的人。

子曜追進去之前，眼角餘光注意到這間工廠的招牌還掛著。

雖然木製的招牌已有大半被蛀蝕，但還是能看到白底黑字的店名：宗崗傘店

子曜將店名記下，隨即追進屋內，開始尋找怡潔的身影。

10

宗崗傘店的內部十分寬敞，因為多數器具都被搬走了，以前曾經忙碌的製傘工廠，如今只剩許多發霉腐壞的竹材堆積在牆邊，應該都是原本要拿來製作成紙傘的原料，除

此之外還有一些架子跟板凳，以前的師傅應該就是在這裡製作跟陳列紙傘的。

工廠的最深處是一間像是辦公室的房間，房門已經被拆掉，怡潔就站在門口的地方，面對著房間內部一動也不動。

子曜在心裡鬆一口氣，還好沒把怡潔追丟，不管她看到了什麼，還是先過去再說吧。

子曜移動腳步朝怡潔走去，就在他來到工廠中間、從一堆竹材旁走過去的時候，子曜的眼角餘光注意到竹材後方躲著一個人影，對方像是刻意埋伏在那邊等子曜走過去似的，等子曜意識到對方的存在，但身體還來不及做出反應的時候，那人已經從竹材後方走出來，完全出現在子曜面前。

一股奇特的味道同時竄入子曜的鼻腔，那股味道除了雨天特有的濕味之外，還混雜著一種特殊的味道。子曜認得這味道，那是軒鴻以前最愛塗的髮膠，子曜以前常跟軒鴻抱怨他的髮膠味太重，但那味道似乎很受女生歡迎。

從暗處走出來擋在子曜面前的，正是軒鴻。

軒鴻身上穿著跟五年前那天晚上一樣的衣服，但全身上下從頭髮到鞋子全是濕淋淋的，蒼白浮腫的皮膚看起來就像在水裡泡了很長一段時間，兩顆眼珠也像潰爛的魚眼般向外凸出，整片眼膜都被灰色覆蓋，已分辨不出瞳孔原本的位置。

「你……怎麼會……」就算認出對方是誰，子曜的大腦跟嘴巴卻遲遲反應不過來。

軒鴻的嘴唇和皮膚讓人聯想到蛇褪下的皮，感覺隨時會從臉上剝落，但軒鴻還是勉強張開嘴唇，用像是有痰卡在喉嚨裡的模糊聲音斷斷續續講著話。

在子曜耳裡聽起來，軒鴻的聲音像是從水裡發出來似的，只能聽到模糊的片段。

「要去找……雨夫人……這樣才能救……」軒鴻似乎在重複著這幾句話。

子曜捏住胸口，強作鎮定地問：「找到雨夫人，就能找到答案嗎？」

軒鴻輕輕點頭，接著又說：「必須靠你們……我必須……要走……」

「軒鴻，等一下！」

子曜直覺地伸出手想觸碰軒鴻，就在他的手指接觸到軒鴻的那一瞬間，從指尖傳來的卻是刺入骨髓的冰冷，接著嘩啦一聲，軒鴻整個人像是被溶解般落在地上，子曜眼前頓時失去軒鴻的身影，只剩一灘積水出現在前方地上。

這灘積水是本來就在這裡，還是軒鴻消失後才出現的呢？子曜沒有印象，他甚至不敢確定，剛剛看到的軒鴻究竟是真的？還是在這神祕村莊的影響下所看到的幻覺？

子曜用拳頭敲了一下額頭，藉由疼痛讓自己不再胡思亂想，然後繼續朝怡潔前進。

從子曜進來到現在，怡潔一直站在辦公室門口沒有動過，就算子曜已經走到她的正後方，怡潔還是一點反應也沒有。

「怡潔，妳還好嗎？」子曜試探地問。

聽到子曜的聲音後，怡潔終於把頭轉了過來，她的一雙眼睛已經哭紅了，這是子曜第一次見到怡潔表露出悲傷的樣子。

「她剛剛還在這裡的……」怡潔又看向辦公室裡面，哽咽地說著：「我明明有看到芯潔跑進來，怎麼又不見了，到底是怎麼回事？為什麼要這樣……」

子曜探頭朝辦公室裡瞄了一眼，裡面只擺著一張舊辦公桌，沒有其他人。

「你相信我嗎？」怡潔紅著眼眶向子曜問：「我真的看到芯潔了，真的是她。」

子曜堅定地點了一下頭，說：「我相信妳，因為我剛剛也見到軒鴻了。」

突然間，怡潔不再哽咽，而是睜大著紅腫的雙眼看著子曜，她似乎懷疑自己聽錯了。

「妳沒有聽錯。」子曜又說：「我看到軒鴻，而妳看到芯潔，這代表我們來這裡的選擇是對的，雨夫人一定是想透過他們兩個的出現，把某些訊息傳達給我們……妳剛才看到芯潔的時候，她有跟妳講任何話嗎？」

「沒有，我只看到她的背影跑進來，然後就消失了。」怡潔靈光一閃，很快反應過來：「這會不會就是雨夫人想傳達給我們的訊息，代表芯潔真的在這裡？」

「很有可能，剛才軒鴻跟我說的話雖然不是很清楚，但我整理一下後，他應該是想說『必須靠我們找到雨夫人，這樣才能救人』。」

「那他有跟你說要去哪裡找嗎？」怡潔焦急地問。

「很遺憾，他只跟我說這些而已。」子曜沮喪地搖著頭，雖然還不知道雨夫人的真面目跟動機，但至少知道他們現在的方向是正確的。

*****

子曜跟怡潔回到車上後，兩人按照原本的計畫，繼續在村子裡尋找有人居住的建築物，若能找到還住在這裡的當地人，應該能問到許多跟雨夫人有關的情報。

兩人開車把村子走過一遍，發現每棟房子都是人去樓空的狀態，每家每戶都收拾得很乾淨，雖然或多或少留有雜物，但都不到雜亂的地步，代表這裡的村民不是突然搬走的，而是有計畫性的搬遷，或許他們都跟許師傅的父親一樣，因為村子逐漸沒落，留下來的人越來越少，最後只好選擇搬走。

讓子曜想不通的是，村中有許多店家都掛著傘店的招牌，代表佳元村確實曾以製傘聞名，但這裡的村民為何要拋棄這項技藝，讓佳元村走向廢村一途呢？難道跟雨夫人的傳說有關嗎？

在村裡又繞了好幾圈，時間很快來到傍晚，黃昏的陽光慢慢被夜色蠶食，而佳元村的路燈看起來並沒有啟動的跡象，等太陽完全下山後，整個佳元村將完全被黑暗籠罩。怡潔將車子停到佳元村的入口道路旁，此時此刻，車上的燈光幾乎是整座山上僅有的光源。

怡潔的想法始終如一，她不想這麼簡單就放棄，堅持要找到芯潔才回去，子曜則遵從怡潔的意思，兩人決定在車上過夜。子曜事先在山腳下的便利商店買足了水跟食物，除了沒辦法洗澡，今天晚上至少不會餓肚子。

兩人在車上吃著餅乾麵包，討論下一步該怎麼走，子曜提議明天可以去附近的村莊打聽消息，怡潔則說她想直接闖進佳元村的每一棟房子尋找芯潔。子曜知道怡潔是認真的，但他還是先勸退了怡潔的提議，說明天如果在附近的村莊沒有收穫的話，他再陪怡潔一戶戶破門而入，把整個村子掀開來也要找到芯潔。

將晚餐垃圾收拾好之後，兩人決定早點睡覺，畢竟在一片漆黑的佳元村中也做不了什麼事。

子曜把寬敞的後座讓給怡潔睡，自己睡在副駕上。怡潔對此感到不好意思，因為這輛休旅車的後座放倒後其實是躺得下兩個人的，但子曜覺得自己睡副駕比較自然，要是兩個人一起躺在後座，反而會尷尬到睡不著吧。

「那麼，晚安了。」

怡潔把室內燈關掉後，車內的空間很快被黑暗同化，子曜覺得自己的視覺已經完全被黑夜剝奪，只剩下聽覺能使用。

後座傳來怡潔翻身的聲音，她似乎找不到適合入睡的姿勢，接連翻了好幾次身後，怡潔突然問道：「欸，問你喔，你有曾經在車上過夜的經驗嗎？」

「咦？」已準備入睡的子曜將眼睛睜開來，回憶了一下後回答：「沒有耶，因為我還沒有車，不過我倒是在機車上睡過。」

「機車？怎麼睡的啊？」

「那天我外送到很累，結果在路邊等單的時候就直接趴在龍頭上睡著了，醒來才發現天亮了，錯過了好幾單。」子曜自嘲地苦笑著，說道：「還有人把我睡覺的樣子拍下來貼上網，說什麼現在外送員真辛苦之類的，要大家多多體諒我們。」

「那篇貼文我有印象，原來就是你喔！」怡潔發出輕鬆的笑聲，並把話題接過去：「我跟芯潔在這輛車上夜宿過一次。那次我們全家一起去露營，結果我們家的人都沒有露營過，我爸還買了最便宜的帳篷，亂七八糟就搭好了，結果那天晚上露營區下大雨，我們家的帳篷被雨一沖就垮了，全家只好淋雨跑到車上睡覺，等白天雨停時再把帳篷的殘骸收起來，其他來露營的人都用不可思議的眼神看我們，大概是驚訝竟然有人可以把帳篷搭成那樣吧……」

本該是開心的回憶，怡潔的語氣卻越說越沉重，跟下雨有關的回憶把她拉回現實，芯潔還在雨夫人的手上，而且命在旦夕。

子曜正想說什麼來轉移話題時，怡潔的上半身突然從後座快速坐起，嚇了子曜一跳。

「那是什聲音？」怡潔警覺地問。

「嗯？有什麼聲音嗎？」

「你仔細聽，是不是下雨了？」

在提到「下雨」這兩個字時，怡潔的聲音顫抖得特別厲害。

子曜將耳朵貼到車窗上仔細聆聽，外面確實傳來某種「喀沙喀沙」的細微聲響，有點像小雨滴落在地面的聲音，也很像有人正在靠近的腳步聲，而且越來越近……

子曜將正臉轉向車窗，雙手做出拿望遠鏡的動作貼到車窗上，想藉此看清楚車外的動靜時，一道刺眼的手電筒燈光突然照進車裡，讓子曜頓時睜不開眼睛。

「喂！是誰啊？好亮！」子曜放下車窗，用手遮住眼睛朝燈光來源大叫。

對方將手電筒放下，一張宛如骷髏頭般的男子臉孔出現在子曜眼前，男子的臉頰削瘦，兩顆眼窩深深往內陷幾乎看不到眼球，子曜有那麼一瞬間以為自己是遇到乾屍了，但仔細一看，這具乾屍身上竟穿著警察制服，而且還會說話。

「我還想問你們咧，把車停在這裡想幹嘛？」

跟骷髏般的外表相反，男子的聲音清晰宏亮，他用手電筒又照了一下車內，看到後座的怡潔後，他皺起眉頭說：「小情侶開房間怎麼不去山下的汽車旅館？這村莊可不適合搞那種事喔！」

「不是啦，你誤會了！」

子曜急忙否認，不過他一時間也想不出該怎麼解釋，倒是後座的怡潔冷靜地問了句：「請問長官是負責佳元村的管區嗎？」

長得像乾屍的員警臉色一沉，回答道：「不要說笑啦，這村子幾十年前就沒單位管了好不好，哪有什麼管區。」

「那長官怎麼會到這裡來？」怡潔又問。

或許是怡潔冷靜又有禮貌的態度消弭了乾屍員警的疑心，在尚未查證兩人身分的情況下，乾屍員警先說出了自己出現在這裡的原因。

原來乾屍員警是隔壁村莊的警察，由於這一帶偶爾會有山老鼠出沒，所以晚上都會加派巡邏勤務，佳元村的路口也是他們的巡邏重點，而無人居住的佳元村今天晚上竟然有一輛車停在路邊，不管怎麼看都很可疑。

「雖然你們看起來不像壞人，不過還是請你們交待一下，那麼晚了跑來這種地方幹嘛？」

乾屍員警擺出公事公辦的嚴肅表情，請子曜跟怡潔把證件拿出來。

怡潔不打算用其他藉口搪塞，在把證件交給乾屍員警時，她直接說道：「我們是來這裡調查雨夫人的，長官聽過嗎？」

一聽到雨夫人三個字，乾屍員警拿證件的手明顯抖了一下，差點把子曜跟怡潔的證件摔到地上。

乾屍員警先是懷疑地把證件看過一遍，再把視線移回兩人的臉上。

像是擔心有人在偷聽似的，乾屍員警把證件還給兩人時，刻意壓低聲音問：「你們是從哪裡聽到的？在佳元村是不能提這三個字的。」

「哪三個字？雨夫人嗎？」子曜有點故意地說。

「就跟你說不能提了！你們沒看過《哈利波特》嗎？佛地魔知不知道？一樣的道理嘛！」乾屍員警氣急敗壞地說著，完全失去剛才嚴肅的模樣，他的兩顆眼珠在深眼窩裡不斷轉動，看起來非常緊張。「如果你們真的是為了這個而來的，那我勸你們不要待在這裡，跟我一起去鄰村的派出所，在那裡待一晚會比較安全。」

子曜跟怡潔快速交換眼神，接著很有默契地點了一下頭。他們知道去派出所並不是為了安全，而是想從乾屍員警口中問出更多消息。

11

乾屍員警的名字叫做朱康，他帶子曜跟怡潔來到鄰村的派出所時，剛好換另一組員警出去巡邏，整個派出所只剩下他們三人。

深夜的山區特別冷，加上子曜跟怡潔今晚只在車上吃了便利商店的餅乾麵包，所以當朱康準備煮泡麵，調味醬包的香味傳出來的時候，兩人都嘸著口水盯著朱康看，為了善盡待客之道，朱康只好多煮了兩份。

幾分鐘後，朱康端著三碗泡麵回到候客桌，說：「我們這間派出所比較窮，沒辦法幫你們加蛋，直接吃吧。」

「這樣就很棒了，謝謝你。」子曜跟怡潔感激地接過泡麵，熱湯入口後，兩人都覺得徹底活了過來。

「喂，泡麵不能白白請你們吃呀，身為警察，我還是要請你們交待一下，你們這麼晚跑去佳元村到底想幹嘛？還有……」泡麵的煙霧飄到朱康的臉上，讓朱康的表情看上去有些陰沉。「你們是怎麼知道雨夫人的？」

「咦，現在可以講那三個字了嗎？」子曜問。

「我們不在佳元村了，所以沒關係。」朱康敲了敲筷子，示意兩人快點從實招來。

子曜跟怡潔便把他們之所以到佳元村的經過都告訴朱康，結果朱康的表情越來越難看，那副苦瓜臉好像要他赤手空拳去逮捕槍擊要犯似的。

說完所有經過後，朱康似乎沒有胃口繼續吃下去了，他把筷子放到一邊，仰頭嘆出一口長氣，然後不再說話了。

子曜跟怡潔也配合地保持沉默，他們知道朱康需要時間沉澱一下。

等了幾分鐘後，朱康才慢慢將頭放下，並用那雙如骷髏般的深眼窩看著子曜跟怡潔。

「說真的，我沒想到她竟然還存在，那些長輩以為佳元村廢村以後，她就會跟著消失了……沒想到她竟然出現在城市裡。」朱康露出慘澹的笑容。

「長官，你對佳元村瞭解多少？」子曜問。

「我從小在佳元村長大，跟你們口中的那個許師傅一樣，不過我們全家後來也搬走了，但我們沒有搬到城市，只是搬到隔壁村莊罷了，後來我到市區讀書、考上警察，在城市裡待了好幾年，直到這間派出所出現空缺，我才終於被調回家鄉。」

「佳元村好像曾經以製傘技術聞名，關於這點，你有任何印象嗎？」

「這個啊，其實等我有記憶的時候，村裡的製傘師傅已經沒剩幾位，你們說的那位許師傅應該也是其中一位。我爸說，佳元村以前的紙傘真的很有名，但那都是很久以前、幾乎是日治時期的事了，後來村裡的製傘師傅數量銳減，僅剩的幾位師傅只能接外地來的零星訂單，佳元村本身的紙傘文化也就慢慢消失……」

「等一下，你剛剛說村裡的製傘師傅怎麼了？」子曜沒有漏掉朱康話裡的重點，追問：「當時村裡發生了什麼傳染疾病嗎？為什麼製傘師傅的數量會突然減少？」

「跟傳染病無關，而是對佳元村來說，製傘師傅這個身分就是一個詛咒。」

「詛咒？」子曜想確定自己沒有聽錯。

朱康點了點頭，說：「沒錯，雨夫人的詛咒。」

終於到最關鍵的部分了，從朱康一開始聽到雨夫人這三個字的反應，就能確定他知道的內幕絕對比許師傅還多。

最後關頭，怡潔也問得特別謹慎：「能請你跟我們說明，雨夫人的詛咒究竟是什麼嗎？」

「當然可以跟你們說，但我不確定自己聽到的版本是否正確，因為不是每個佳元村的長輩都會跟小孩講這件事，像那位許師傅就是這樣，他只知道雨夫人每五年會出現一次，卻不知道雨夫人這個詛咒背後的故事，應該是因為他的父親沒告訴他吧。」

「那麼請你一定要告訴我們。」怡潔真誠地凝視著朱康。

「知道啦，妳不要用那種眼神看我！」

朱康避開怡潔的視線，開始說起他以前從長輩那邊聽到的，關於雨夫人的故事……

＊＊＊＊＊

日治時期，當時的佳元村正處於紙傘產業發展最蓬勃的時候，村裡幾乎都是製傘廠，村民也以製傘師傅居多。

當時村裡有一位年輕的寡婦，她是許多製傘師傅的追求對象，但她一直婉拒眾人追求，獨善其身。

有一天，寡婦的屍體被村民在荒野發現，她的死狀悽慘，四肢東一塊、西一塊四處散布，身上的和服也被扯爛，原本身材姣好的身軀看上去就像一塊爛肉，慘不忍睹。

更可怕的是，村民們一直找不到寡婦的頭顱，最後是靠著身上那件黑紅相間的和服，村民們才確定死者就是寡婦，因為她平常總是穿著那件和服在村子裡活動。

村民們將寡婦的死歸咎於野獸的襲擊，寡婦的頭顱應該是被野獸叼走了，所以才會一直找不到。

寡婦火化後，一名暗戀寡婦的製傘師傅將她畫在紙傘上，並把傘放在寡婦的骨灰旁，一起安葬在佳元村裡。

當時，佳元村的人都沒想到，雨夫人的詛咒就此開始了。每隔五年的下雨天，村民們都會目擊到那位寡婦出現在村裡，手上還撐著跟她一起下葬的那把紙傘。

她每出現一次，村裡就會有一個人失蹤，直到下次下雨的時候，失蹤的人才會被找到，但卻是以屍體的狀態被找到。

漸漸的，村民們已經忘記寡婦原本的名字，反而給了她新的名字——雨夫人。

因為被雨夫人帶走並殺死的人幾乎都是製傘師傅，村民們開始懷疑寡婦當年的死另有隱情，也許是村子裡其中一個製傘師傅下的毒手，犯案後再偽裝成野獸襲擊的樣子，所以她才會回到村莊針對製傘師傅展開獵殺。

但屍體都火化安葬了，就算要查也查不到任何線索，村民們只好陸續搬離佳元村，希望能藉此逃離雨夫人的詛咒，佳元村從此一蹶不振。

至於剩下的製傘師傅，據說有人到其他地方繼續製作紙傘，有人則是徹底拋下過去，開始新的工作。

等最後一戶村民也搬走，佳元村正式被廢村後，大家都以為隨著時間過去，雨夫人會放下她的怨恨，在空蕩的村莊裡逐漸消逝……

*****

「看來那些村民們都錯了，雨夫人不但還在，她甚至來到城市傷害無辜的人。」

聽完雨夫人的故事後，子曜說出自己的看法：「軒鴻也是、芯潔也是，她所做的一切，就是為了讓人們回到佳元村去找她。」

「或許她的死真的另有冤情，所以她才會這樣做。」怡潔說：「她希望有人可以回到佳元村，找到真相並公諸於世……」

「就算這樣也不能傷害無辜的人！」子曜咬牙切齒，恨恨地說：「我管她是不是冤死的，她害死了軒鴻，不管什麼理由我都無法原諒她。」

12

那天晚上，子曜跟怡潔在朱康的派出所裡渡過一夜，候客區的長椅躺起來雖然硬邦邦的，但手腳能獲得適當的伸展，睡起來還是比封閉的小休旅車舒服。

天亮時，朱康到村子裡買了熱騰騰的豆漿跟包子回來，他知道子曜跟怡潔今天還有重要的任務，至少要讓兩人補充足夠的體力。

一起用餐時，怡潔向朱康問道：「長官，今天你能陪我們一起回佳元村嗎？相信有你的協助，也能快點救出我妹妹。」

「我是很想幫你們，但我下午還要值班，等一下必須回家補眠才行。」朱康的臉孔本來就是一副陰沉沉的樣子，經過一夜值班後，現在的表情更加疲憊了。

「但是，等妳找到失蹤的妹妹，或是遇到什麼危險情況的話，還是可以打電話聯絡我，這是我們警察的分內工作。」朱康從制服的胸前口袋拿出兩張名片，各發給子曜跟怡潔一張。

子曜接過名片收進口袋，他還想再問朱康一個問題，這是他昨晚聽過雨夫人的故事後，一直卡在腦袋裡的一個疑問。

「長官，在雨夫人的故事裡，她的骨灰以及那把紙傘最後都被安葬在佳元村裡，是這樣沒錯吧？」子曜問。

「真實的情況我不曉得，但我聽到的版本是這樣沒錯。」

「假設你聽到的版本就是真實的故事好了，那麼在你的印象中，佳元村裡有類似墓地或神社之類能供奉死者的地方嗎？因為我們昨天在佳元村裡轉了好幾圈，都沒看到類似的建築物。」

「啊，你想找到村民埋葬雨夫人的地方？」朱康一下子反應過來，說：「對喔，如果雨夫人想要你們找到她，那麼有可能就是指她的骨灰，這的確是一個方向。」

「那能請你幫忙回想一下嗎？佳元村裡有沒有類似的地方？」

朱康瞇起眼睛回憶道：「在我印象中，確實有一間寺廟，我父母常常會帶我去拜拜，好像也是去祭拜家裡長輩的樣子。」

「那間寺廟已經被拆掉了嗎？」子曜問，因為昨天他跟怡潔在佳元村裡並沒有看到類似寺廟的建築物。

「應該沒拆，只是它的地點比較特殊，光是開車到處繞是找不到的，必須上山走一段路才行，請等我一下……」朱康放下手上的豆漿，回到自己的辦公桌，在抽屜裡翻找著什麼東西，最後拿著一張文件回到桌旁。

朱康將早餐挪到桌子的一邊，並把文件攤開在桌上，原來那是一張附近山區的地圖，除了派出所所在的村子外，地圖上也標示了佳元村的資料。

「佳元村的區域其實比你們想像中大，從這裡到這裡都是佳元村的範圍。」朱康用手在地圖上比出一個範圍，並說：「有些建築並不在道路可以抵達的地方，而是要爬上山坡，走一段路才能到達……我記憶中的那間寺廟，就在這個位置。」

朱康的手指落在地圖上的某一點，那個點已經偏移了道路，位於什麼都沒有的山坡上。

「這地圖是後來才製作的，不然這片山坡上應該還有許多建築物，也有一些村民住在上面。」

朱康盯著地圖說道，但他的語氣充滿著不確定性，似乎對自己所說的話沒什麼把握，但就算這樣，子曜跟怡潔也只能依靠朱康的記憶了。

朱康靠著模糊的記憶在地圖上標出寺廟的地點，並畫出一條步行的路線圖，在子曜跟怡潔開車出發之前，朱康把地圖交給他們，反覆交待道：「你們不一定要完全照地圖走，我不確定自己的記憶跟現實路線有多少落差，如果你們迷路了，記得要打給我，我會馬上跟同仁去找你們。」

「放心，我們會沒事的。」子曜收下地圖，他跟怡潔都已經決定，今天就算把整座山翻過來也要找到那間寺廟。

雨夫人可能就在那間寺廟裡，找到她，就能找到芯潔……

*****

來到朱康在地圖上標記的那塊山坡地後，子曜跟怡潔發現他們昨天其實從這裡經過了好幾次，但他們以為這只是一片單純的山坡，所以沒有多加留意。

山坡被樹木跟雜草覆蓋，不管上面曾經存在什麼建築物，現在都隱身於自然的綠蔭下，要爬上去才能一窺其真面目。

怡潔把車停到路邊後，子曜下車撿起一根長樹枝，並拿在手上揮了幾下，樹枝的手感很厚實，剛好可以拿來在山坡上開路。

「不知道山坡上會有什麼東西，我走前面開路，妳在後面跟著我就好。」

子曜用樹枝撥開山坡上的雜草，一腳踏了上去，怡潔緊跟在後，踩著子曜的腳步前進。

爬上山坡後，子曜很快發現山坡上不只有雜草跟樹林，前進沒多久後，子曜就發現了一條人為的小徑，小徑延伸的方向跟朱康畫的路線相符，這條小徑應該是當年的村民為了方便行走而開墾出來的。

雖然眼前還看不到任何建築物，但只要跟著朱康畫的路線走，應該就能順利找到寺廟。

「喂，子曜……」

走在後面的怡潔突然開口說話，子曜以為她是想休息一下，沒想到怡潔竟問：「我一直在想你昨晚說的話，你說你無法原諒雨夫人……你真的很恨她，對吧？」

子曜沒想到怡潔會突然這麼問，但這是個不需要猶豫的問題。

「她殺死了軒鴻，在這之前更不知道害死多少人，她還抓走了妳妹妹，妳應該跟我一樣恨她，不是嗎？」

「我知道，但如果我們真的找到了雨夫人……」怡潔說：「我希望你能先放下仇恨，以救出芯潔為主，好嗎？」

經過一小段時間的沉默後，子曜只回了一個「嗯」，然後繼續前進。

子曜知道怡潔在擔心什麼，雖然兩人現在是同伴，但說到底，他們尋找雨夫人的動機並不一致。

怡潔只想救出芯潔，而子曜真正想要的除了真相以外，他還要替軒鴻復仇。

若雨夫人是在有條件的情況下才會釋放芯潔，那子曜能夠接受嗎？

子曜繼續用樹枝撥開覆蓋在小徑上的雜草，他發現小徑上有好幾處岔路，代表這一帶除了寺廟外，應該還有其他建築物，才會建構出如此錯綜複雜的路線。

子曜繼續照著朱康畫的路線前進，但朱康提供的路線明顯不完全，因為當子曜走到路線的終點時，前方根本沒有什麼寺廟，只有另一個岔路，以及更濃密的樹林。

子曜反覆看著地圖跟前方的樹林，最後嘆了一口氣把地圖收起來，說：「警察大人畫的路線圖沒用了，接下來要靠我們自己找。」

「等一下，你看那邊。」怡潔像是發現了什麼，她舉起手指向右邊樹林的頂端，說：「會是那個嗎？」

子曜順著怡潔的手勢看過去，在右邊樹林的最上方有個小三角形凸了出來，明顯是某種建築物的頂端。

剛感到喪氣的子曜馬上恢復過來，拿起樹枝開始朝建築物的方向前進，沒過多久，隱身於樹林後的建築物就出現在兩人眼前。

看來朱康的記憶果然跟現實有落差，在兩人眼前的建築物並非寺廟，反而比較像日本神社，剛才從樹林中凸出的小三角形，就是鳥居的頂端。

在鳥居後方有一條筆直的石板路，照理說會通往神社本殿，但此刻在石板路的盡頭只剩下石塊組成的基座，神社的建築本體已經被拆除。

是因為廢村才把神社遷走的嗎？或是因為其他理由而拆除的呢？

子曜沒有時間思考這點，因為他已經注意到另一個不尋常的地方。

在基座的後方還有一大片空地，從鳥居就能看到空地上佇立著許多石柱，這幅景象讓子曜直接聯想到了墓園。

雨夫人就被埋葬在這裡嗎？

子曜邁開腳步踏上石板路，往神社內的墓園走去。

怡潔打算一起走過去的時候，一個輕微的聲音從背後傳出。

「姊。」

怡潔停下了腳步，她不敢相信自己聽到了芯潔的聲音。

「姊，這裡。」

聲音再次從背後傳出。

怡潔嚥下一口唾液，慢慢把整個身體轉向後方。

芯潔就站在前方的樹林裡，手上撐著那把紙傘。

「芯……」怡潔還來不及喊出妹妹的名字，芯潔突然躲到旁邊的一棵樹後方，只露出撐著紙傘的手臂。

怡潔抬起腳想追過去，但心裡的一股猶豫卻將她拉住。

怡潔轉頭看向子曜，子曜這時已經走到石板路的盡頭，來到神社基座的前方，他沒發現怡潔還站在鳥居外面。

這一瞬間，怡潔猶豫著要不要叫住子曜。

但她馬上在下一秒做出了決定。

「子曜，對不起。」怡潔小聲唸著。

明知道這有可能是陷阱，但她仍選擇走向芯潔所在的位置。

13

就跟子曜想的一樣，神社基座後方佇立的那些石柱，果然都是墓碑。

因為墓園許久無人管理，每塊墓碑都被苔癬覆蓋，上面刻的字都看不清楚了。

子曜撿起一顆石頭，將其中一塊墓碑上的苔癬簡單刮除後，昭和的年號露了出來。果然是日治時期就存在的墓園，這麼說的話，雨夫人也被埋葬在這裡嗎？但哪一塊墓碑才是她的呢？

「怡潔，妳過來看一下！」子曜蹲在墓碑前朝身後揮手，卻一直沒有聽到怡潔的回覆。

子曜站起身來，發現從墓園一直延伸到鳥居入口的範圍內就只有他一個人，怡潔不知何時從他身後消失了。

「喂！怡潔！妳在哪裡？」子曜快步跑到鳥居下方，朝樹林裡大喊怡潔的名字，但樹林內只傳出樹葉因風摩擦的聲響。

怎麼會這樣？子曜雙手開始顫抖，並緩緩握成拳頭。

怡潔拋下了自己？不，也有可能是雨夫人把她帶走的。為了救出芯潔，怡潔不惜拋下子曜，獨自前往雨夫人的陷阱……

子曜站在鳥居下方調整情緒，思考下一步該怎麼做時，前方的樹林突然有了動靜。

一個人影從樹林後方慢慢走出，子曜本來以為那是怡潔，但看到對方的臉孔後，子曜憋住了呼吸，不曉得他為何又出現在這裡。

軒鴻從樹林中側身走出來，停下腳步後轉身面對子曜，他的模樣跟之前在宗崗傘店出現時一樣，潮濕又帶著死亡氣息，但子曜並不覺得害怕。

他有種直覺，軒鴻是來幫他的。

下一秒，軒鴻舉起右手，伸出食指開始在空中畫著什麼圖案。

軒鴻的食指先直直地往上畫，然後往左一撇，再往右一撇，接著又畫了一段直線，最後用指尖在直線末端畫了一個小圓圈，彷彿在跟子曜說：「就在這裡。」

畫完圖案後，軒鴻將手放下來，雙眼直直地盯著子曜。雖然軒鴻的雙眼已經潰爛，看似失去了靈魂，但子曜知道，他還是以前的那個軒鴻。

當軒鴻轉身消失在樹林裡的時候，子曜沒有去追，他知道就算追過去也沒有用，重要的是軒鴻剛才留下的線索。

軒鴻在空中畫的那些線條……子曜知道那是什麼意思，因為他之前已經研究過無數次了，那是軒鴻跟芯潔失蹤後，兩人用手機記錄下來的行走路線。

直走、左轉、右轉、最後再直走，直到抵達盡頭，雨夫人就在那裡，而鳥居就是這條路線的起點。

子曜低頭看著從鳥居延伸出去的小徑，邁開步伐前進。

*****

怡潔發現，不管她怎麼追趕，她跟芯潔之間的距離都沒有拉近。

明明芯潔就在眼前，但怡潔每前進一步，芯潔就會以同樣的速度往樹林裡移動，彷彿芯潔並不想讓怡潔追到，而是想把怡潔帶到某個特定的地方。

怡潔沒有其他選擇，只能繼續往前追。

直到芯潔冷不防從前方消失，怡潔頓時失去目標，只能先停下腳步。

剛才的追趕過程讓怡潔消耗許多體力，她將上半身靠在樹上喘氣休息，雙眼一邊掃視著周邊樹林，試著再找到芯潔的身影。

突然間，一股如蟑螂爬上背部的冷冽感從怡潔身後襲來，怡潔全身的肌膚從背部開始一吋吋被凍結。

……在後面嗎？

怡潔緩緩轉過頭，同時看到了兩張臉孔。

雨夫人跟芯潔一起站在怡潔面前，但撐傘的換成雨夫人，雨夫人用雙手抓住紙傘，把傘靠在肩膀上撐開來。芯潔面無表情地站在雨夫人的傘下，眼神毫無焦距地看著空中，整個人的靈魂像是被抽離似的。

「……妳對芯潔做了什麼？」

怡潔將身體從倚靠著的樹木上移開，開始朝雨夫人走去。

怡潔想把芯潔直接從雨夫人身邊奪回來，但雨夫人的反應卻讓怡潔產生了一絲猶豫，因為從剛剛開始，雨夫人完全沒有看怡潔一眼，而是一直低垂著臉，似乎在盯著怡潔前方的某塊地面。

怡潔停下腳步，她將心裡想救出芯潔的衝動暫時壓抑下來，並順著雨夫人低垂的視線看過去，果然在前方地面上發現了一個物體。

那是一顆被半掩在土裡的石塊，但只要多看幾眼，就會發現那石塊的形狀不太尋常，不但沒有石頭該有的紋路，表面的弧度也很詭異，反而像是一顆人類的頭骨。

怡潔抬起頭，直視著雨夫人問：「妳把我引到這裡來，就是為了這個嗎？」

雨夫人也抬起頭來，終於跟怡潔對上了視線。

在雨夫人白皙的臉龐上，有著一副美麗的五官，美到像是用一筆一畫勾勒出來般，連怡潔也忍不住屏住了呼吸。

這樣美麗的臉孔，應該是要飽含著生命力，讓人們感到心情愉悅、賞心悅目，但怡潔卻只感覺到無止盡的哀傷。雨夫人很美，但卻是極端的哀戚之美。

等怡潔從雨夫人散發的淒美中回過神來時，她發現自己已經蹲在地上，徒手挖起那顆被半掩著的頭骨。

為何自己會這麼做？她被雨夫人操控了嗎？或是被雨夫人散發出的哀傷之美影響，起了惻隱之心才這樣做的？連怡潔自己也搞不清楚了。

隨著怡潔的雙手深入土堆，埋在土裡的頭骨形狀也越來越明顯。

最後，怡潔將挖出的頭骨用雙手捧住，緩緩站了起來。頭骨的形狀非常完整，下顎骨及每一顆牙齒都還組合在一起。

像遞上祭品，怡潔將捧著頭骨的手往前湊向雨夫人問：「這就是妳，對吧？」

雨夫人的故事中，雨夫人被野獸殘忍啃食成數個屍塊，只有頭顱一直找不到，原來就在這裡。

天空似乎開始下雨了，怡潔聽到雨滴落下的聲音，但沒有聞到水氣，身體也沒有被雨點打到的感覺。

怡潔循著雨滴的聲音看去，發現雨水只從雨夫人頭上落下，而且還不是普通的雨水，而是鮮紅的血雨。

血雨打到雨夫人的紙傘上，反彈過後又落到地上，紙傘很快被血雨浸濕成鮮紅色，落地後的血雨在地上形成圓形的血泊，雨夫人跟芯潔就站在血泊的中心點。

怡潔看著這令人驚駭的一幕，但她馬上意識到雨夫人為何要讓她看到這幅畫面。

「妳被殺死的時候也在下雨，對不對？」

難怪雨夫人只在雨天出現，難怪她對雨天有這樣的執著，因為她正是在雨天裡死去的。

喀沙、喀沙，怡潔手中的頭骨突然發出了怪聲。

怡潔疑惑地把頭骨拿起來晃了一下，果然又聽到了那個聲音，喀沙、喀沙，像是有什麼東西卡在裡面。

把頭骨的正面轉過來後，怡潔發現有東西卡在頭骨的下顎跟牙齒之間。

怡潔將頭骨的下顎扳開，然後把手指伸進去，利用指尖把卡在裡面的物體夾出來。

那是一塊長寬約十公分的木製扁牌，因為長期被掩埋在土裡的關係，木牌的外觀已明顯受潮腐爛，無法辨識原本的模樣，但當怡潔用指尖從木牌表面劃過的時候，能明顯感覺到木牌上曾經刻著某些文字。

而從怡潔把木牌取出來的那一刻開始，雨夫人的眼神就一直盯著木牌不放，彷彿那才是她的真正目的。

怡潔低頭看著手上的木牌，低喃了一句：「這到底是什麼？」

一個出乎意料的聲音回應了怡潔。

「那就是她一直想讓我們找到的東西。」

怡潔轉過頭，竟看到子曜站在身後，也不知道他站在那裡多久了。

子曜一身狼狽，全身都是在小徑上狂奔所留下的傷痕，褲管濺滿泥土，手臂也被雜草割傷，更可怕的是他瞪著雨夫人的眼神，像是要噴出火似的。

14

子曜瞪著雨夫人，同時走到怡潔身邊，伸出手朝怡潔說：「給我。」

怡潔沒有抗拒，直接把木牌遞給子曜，子曜拿到木牌後先在手裡掂了一下重量，然後慢慢摸著木牌表面，沉重地點了幾下頭，彷彿這就是他所想的那個東西。

怡潔無法再等下去了，畢竟芯潔就在眼前，沒有時間可以拖延了，她焦急地問：

「子曜，這到底是什麼？」

「這東西我之前看過，是日治時期的身分證。當時沒有紙本證件，每個人用的都是這種檜木製的牌子，上面會刻上名字、地址等等，當作身分證使用。」

子曜抬起頭來，把視線從木牌移回雨夫人身上。

「妳不是被野獸咬死的，而是被人殺死的，至於凶手……」子曜將木牌舉起來晃了一下，說：「凶手就是這塊身分證的主人，對吧？」

不曉得是不是怡潔的錯覺，雨夫人頭上的血雨似乎越來越猛烈，雨夫人跟芯潔腳邊累積的血泊慢慢往外延伸，開始朝子曜跟怡潔這邊淹過來。

「凶手為了混淆視聽才把妳的屍體破壞成被野獸襲擊的樣子，他會把妳的頭顱藏起來也是同樣的道理，對野獸襲擊的事件來說，這樣會更有說服力。」

子曜將木牌放下，視線毫無畏懼地跟雨夫人藏在傘下的臉孔對峙著。

「直到凶手把妳的頭顱埋起來為止，他都沒發現自己的身分證在殺妳時掉了出來，而且還被妳藏在嘴裡，妳一定是抱著強烈想復仇的決心，才能把這塊身分證死死咬住的吧？」

像是為了呼應子曜的猜測，雨夫人的嘴唇微微張開，露出用力咬合在一起的牙齒，冷豔淒美的表情瞬間變得咬牙切齒，充滿著恨意。

子曜沒有因此感到害怕，他反而往前站一步，指著雨夫人撐著的紙傘說：「我一直在想，為什麼妳要一直帶著那把跟妳一起下葬的紙傘呢？妳每次現身以及每個受害者失蹤的時候，這把紙傘都會一起出現，究竟是為什麼？」

怡潔記得朱康曾經說過那把紙傘的來歷，那是……

此時子曜已經繼續說了下去：「在村民流傳的故事中，那把紙傘是由暗戀妳的年輕製傘師傅所製作的，他把妳的樣子畫在傘上，並放在妳的骨灰旁邊陪伴妳……但事實才沒有這麼浪漫，那位製傘師傅會這麼做並不是出於愛意，而是出於愧疚吧。」

「子曜，你是說……」怡潔聽出子曜話中的意思。「製作出那把紙傘的師傅，就是凶手嗎？」

子曜朝雨夫人撇了一下頭，暗示地說：「妳看她的反應，我想八九不離十了。」

怡潔這才發現，雨夫人撐著的紙傘已經完全被血雨染紅，血雨直接穿透傘面淋到雨夫人身上，雨夫人身上紅黑相間的和服逐漸被雨勢染成全紅，但站在一旁的芯潔卻不受影響。子曜知道那並不是真正的雨，而是雨夫人的恨意所引發的幻象。

「妳真的很恨殺妳的人，對吧？」子曜說：「我猜凶手一定是在妳下葬後馬上從住元村搬走了，就算妳再怎麼恨也沒辦法找他報仇，最後妳把恨意宣洩到其他製傘師傅身上。佳元村廢村後，妳只能到城市裡尋找無辜的受害者，藉此把人們引來佳元村，為的就是要讓人們發現妳的頭顱，發現妳咬著的這塊身分證，讓凶手被公諸於世……」

真相似乎都被子曜猜中了，怡潔發現雨夫人的表情開始扭曲，彷彿一開始淒美的和服女子形象只是偽裝，現在顯露的才是她的真面目。

「我很同情妳的遭遇，但妳真的殺死太多人了，更不用說妳還殺了我朋友。」子曜的憤怒情緒也毫無保留地從語句中溢出：「我不知道妳究竟是真的想找凶手報仇，或是妳已經變成一個被恨意沖昏頭、一心只想殺人的妖怪，不管是哪一種，我都無法原諒妳。」

怡潔怕子曜的怒氣讓局勢失控，於是輕拉住子曜的衣角，提醒道：「子曜，不管你有多生氣，現在還是先救芯潔為主……」

「我知道。」子曜深呼吸一口氣，將情緒平緩下來後說：「但事情沒這麼簡單，妳以為我們下山開個記者會公布凶手的名字，雨夫人就會放過芯潔嗎？她想要的是真正的復仇，但時間都過這麼久了，凶手還活著的機率微乎其微，她已經不可能報仇了……」

說到最後一句話時，子曜突然將頭轉向怡潔，並用力眨了兩下眼睛。

那一瞬間，怡潔從子曜的眨眼中解讀到一個訊息，那就是子曜另外準備了一個計畫，而這個計畫是他完全沒跟怡潔提過的。

「要救出芯潔，只剩這個辦法。」

子曜伸出手把怡潔手中的頭骨搶了過去，他將頭骨用左手抱在懷裡，右手緊握著凶手的身分證木牌，轉身往樹林的另一側疾奔而去。

怡潔站在原地愣了一下，就在下一秒，一個紅色身影從她面前呼嘯而過，全身被染紅的雨夫人就像吊著鋼索在每棵樹之間飄盪，以不可思議的速度朝子曜追去。

先起跑的子曜也不甘示弱，他顧不得肺部傳來的疼痛，將全身力氣輸出到雙腿，就算喘不過氣了也仍全速狂奔，讓雨夫人一時半刻追不到他。

一黑一紅兩個身影逐漸消失在樹林深處後，怡潔看向雨夫人原本站的位置，發現芯潔還站在那裡，這正是子曜的計畫，讓怡潔趁這時候把芯潔帶走。

「芯潔！是我，姊姊啊！」

怡潔跑到芯潔身邊，用雙手不斷輕拍芯潔的臉頰、喊著她的名字，但芯潔只是雙眼無神地看著前方，彷彿她的靈魂不在身上，還留在別的地方。

不管了，至少要先把芯潔帶離這裡！怡潔抓住芯潔的手臂，拉著芯潔一起移動，芯潔整個人的腳步輕飄飄的，怡潔感覺自己像在牽一個夢遊患者。

怡潔剛把芯潔拉到小徑上，突然有東西從天而降，滴到了怡潔的鼻頭上。

「下雨了？」怡潔抬頭往上望。

濃厚的濕氣竄進怡潔的鼻腔，陰暗的雲層跟越來越大的雨滴同時進入怡潔的視線。貨真價實的雨滴打到怡潔臉上，山區下起了臨時陣雨。

15

雨勢在突然間變大了。

這樣的陣雨來得快、去得也快，一般來說幾分鐘內就會停了。但這短短幾分鐘的時間就足夠要了子曜的命，腳下的土地因為雨勢沖刷而變得泥濘，像是會把腳底黏住似的，每次抬腿都變得更吃力。

隨著力氣消耗，子曜覺得身體越來越沉重，彷彿浸到衣服裡的不是雨水，而是沉重的水泥。

每前進一步，子曜的身體就更往下墜一點，原本還能勉強維持跑步的姿勢，但膝蓋能張開的角度越來越小，腳底抬起的高度也越來越低……最後，子曜的腳步變成只能在地上拖行，緩慢前進著。

子曜感覺到雨夫人就在後面，但雨夫人似乎不急著追上來，她冷眼旁觀著子曜力竭，享受著這一刻。

若這只是一般的雨，身體會沉重到這種地步嗎？子曜知道這都是雨夫人搞的鬼，雨水就是雨夫人的武器，軒鴻一定也是在這種情況下失去性命的……

終於，子曜的雙膝撲通一聲跪在泥水中，完全失去了前進的力氣。

「媽的……」

子曜低下頭，他的雙手神經像是被切斷般再也使不上力，只能無力地垂落在身旁，原本緊抓著的頭骨跟木牌也滾落到地上。

雨夫人紅色的身影逐漸從身後逼近，子曜用眼角餘光瞄到膝蓋旁有顆不算小的石頭，他想將全身最後的力氣集中到手上，撿起石頭將雨夫人的頭骨以及那塊身分證砸碎，或許只要這樣做，雨夫人復仇的意念就會消失……

但子曜的手已經無法再抬起一絲一毫，連支持著上半身的最後一點力氣也被雨水奪去，終於整個人往前趴倒，浸在水窪之中。

地面上累積的雨水開始流進子曜的口鼻，明明只要把頭抬起來就可以呼吸，但雨水已完全掌控他的身體，讓他連這簡單的動作都做不到。

雨水讓子曜的意識跟視線越來越模糊，在意識完全被黑暗吞噬之前，雨夫人鮮紅色的裙襬來到了他眼前。

雨水嗆到肺部，子曜發出痛苦的咳嗽聲。

……軒鴻死去的時候，也感受到了這樣的痛苦嗎？

子曜將眼睛緩緩閉上，他知道這是必然的結局。

要救出芯潔，就只有這個辦法……

*****

雨停了。

透過休旅車的車窗，怡潔觀察著外面的天空，降下臨時陣雨的烏雲已經飄走，陽光重新綻放在山路以及鄰近的山區，這幅風景本應讓人感到心曠神怡，但怡潔心裡卻慌亂如麻。

一回到車上，怡潔做的第一件事就是先把芯潔安頓好，然後再打電話向朱康求援。休旅車的後座上，芯潔全身裹著溫暖的毛毯，閉上眼睛進入了夢鄉。

怡潔把芯潔拉上車之後，芯潔就持續陷入昏睡，但呼吸跟生命跡象都很穩定，怡潔並不擔心芯潔，她更擔心的是子曜。

子曜知道他們無法幫雨夫人完成復仇計畫，因此能救出芯潔的方法只有一個，就是讓他自己代替芯潔，成為這次的犧牲品……

「子曜……」

怡潔緊盯著濃密的樹林，希望子曜的身影能平安地走出來，但直到朱康帶著同仁跟救護車抵達為止，子曜都沒有出現。

「我們來了！你們還好吧？」

朱康跑下警車，怡潔也緩緩走出休旅車，朱康看到下車的只有怡潔，臉色頓時一白。「只有妳嗎？另一位先生呢？」

「他……還在裡面……」怡潔指著樹林中的小徑，聲音虛弱地說：「還有我妹妹……她在車上……」

光是講出這幾句話，怡潔就感覺耗盡了全身所有力氣，還好朱康即時攙扶，怡潔才沒有直接摔在地上。

看到車上的芯潔後，朱康馬上轉頭朝醫護人員說道：「先把車上那位送上救護車，快點！」

朱康接著攤開地圖，請怡潔指出子曜可能所在的位置，並說：「我會帶人進去找到他，不用擔心，妳先陪妳妹一起去醫院吧，妳的氣色很糟，最好也檢查一下。」

一名女警過來要扶怡潔，怡潔無法拒絕，只能跟朱康說：「請你……一定要找到他。」

「我會的。」朱康用力地點了點頭，同時揮了一下手，讓女警把怡潔扶上救護車。

*****

怡潔跟芯潔的家人在不久後也趕到了醫院，當他們來到病房時，芯潔剛好甦醒過

雨夫人

願天下有情人
傘下終成眷屬

攤

路邊攤

來，除了長時間未進食而導致的身體虛弱外，芯潔的身體沒有其他大礙，甚至一眼就認出怡潔，並叫出家人們的名字。

家人們在病房抱住怡潔跟芯潔，享受得來不易的團圓，臉上的表情都是又笑又哭，只有怡潔咬住嘴唇、忍耐著心裡的難受。她沒有忘記子曜，她知道子曜還留在那裡。

「妳這段時間到底跑去哪裡了？我們都擔心死了！」

怡潔的父親問出這問題，芯潔卻說她一點記憶都沒有，只記得那天傍晚離開公司時，外面正在下雨，所以她從公司的傘桶裡借走一把傘，一把與眾不同、特殊的傘……但那傘長什麼樣子，還有從公司離開之後的記憶，她一點都記不得了。

「沒關係，回來了就好！」母親拍拍父親的肩膀，欣慰地說著。

突然，怡潔的手機響了起來，怡潔看了一下來電號碼，是朱康。

「我講個電話。」

怡潔帶著手機離開病房，一直來到醫院大廳後，她才深呼吸一口氣接起電話：「找到他了嗎？」

「……對不起。」朱康的回答擊碎了怡潔的希望。

接下來朱康說的話，怡潔只能斷斷續續地聽進去，她不想聽，但不得不聽。

「我們發現他趴在一片水窪裡，雖然已經對他實施急救，但還是……」

「有找到骨頭嗎？」怡潔喃喃地問。

「妳說什麼？」

「你們在他身邊有找到像是人類頭骨的東西嗎？還有一塊木牌子，有嗎？」

「呃……」

手機那頭傳來好幾個人的交談聲，然後才是朱康的聲音：「沒有，現場只有他的個人物品，沒有其他東西了。」

「……我知道了。」

「我們這邊可能需要妳做一下筆錄，我晚點去醫院找妳，可以嗎？」

「可以……」

怡潔掛斷電話，做筆錄時該說什麼，怡潔完全沒有主意，但怡潔不想去煩惱那些，她只想一個人先靜一下。

原本在大廳外等候的人們突然開始往室內移動，怡潔疑惑地看向戶外，原來是外面下起了陣雨。

是剛才在山區的陣雨飄到了這裡嗎？

怡潔看著屋外的雨勢，發現有一個人待在外面，沒有進來避雨。

看到那人的身形跟穿著時，怡潔的心跳瞬間漏了一拍，瞳孔也不可置信地放到最大，她的大腦正在反覆確認眼前看到的景象。

為什麼她會出現在這裡？

雨夫人背對著大廳門口，那襲紅黑相間的和服，以及哀傷優美的身形，都是怡潔永遠忘不了的。

像是刻意展示給怡潔看似的，雨夫人將手中的紙傘高舉過頭，啪一聲打開來後，轉過身體面對著怡潔。

雨夫人臉上的殘酷笑意，讓怡潔全身的血液為之凍結。

「讓路，借過一下！」

幾名醫護人員推開在大廳躲雨的人群，朝門口外跑去。

此時一輛救護車響著刺耳的警笛開進車道，原來有重傷病患要送進來。

人群跟救護車阻擋了怡潔的視線，等救護車開走後，雨夫人的身影已消失無蹤。

但怡潔知道，雨夫人的詛咒還存在著，事情還沒結束……

—五年後—

1

舞台前的人群零零落落，儘管有撐傘的民眾路過，但他們也只是對掛在舞台上的宣傳布條瞄上一眼，隨即趕路離去。

在這樣又濕又冷的天氣中，不會有人想待在戶外，每個人都想到屋內尋求溫暖。

但怡潔跟同事卻不得不待在舞台旁邊守著，這是一場由怡潔公司承辦的公關宣傳活動，雖然現場有提供抽獎跟免費贈品，但因為低溫的氣候及突如其來的雨勢，讓這場活動成為一場災難，怡潔還跟公司求援，叫了幾名同事到場來撐場面，才不至於讓現場的人數太難看。

最後怡潔的主管跟廠商高層都放棄了，這場活動註定敗在老天爺手上，因此決定提早結束活動。

把現場收拾乾淨後，怡潔的同事們都不想繼續留在這裡受煎熬，所有人都以飛快的速度陸續離開現場，但體力的消耗跟低溫讓怡潔感覺全身的能量都燃燒殆盡了，活動現場附近剛好有一間百貨公司，怡潔決定去裡面吃頓暖呼呼的午餐，讓身體恢復溫度後再回家。

一走進百貨公司的美食街，怡潔一眼就看到了拉麵店的招牌，拉麵的影像也同時出現在她的腦裡，熱呼呼的湯頭、大塊的叉燒、彈牙的麵條……怡潔忍不住吞下一口唾液，下定決心朝拉麵店走去。

*****

店員將冒著熱煙的叉燒拉麵端上桌時，怡潔一聞到湯頭的味道，空蕩的胃部就開始蠢蠢欲動。

等店員離開後，怡潔馬上拿起湯匙，在心裡默唸一聲「我開動了」，然後迫不及待地舀起熱湯喝下，湯頭從喉嚨進入體內的那瞬間，怡潔感覺到自己完全復活了。

怡潔細細品味著湯頭帶來的溫暖時，一名陌生男子突然走到怡潔的桌子旁邊，用客氣的口吻問道：「不好意思，可以跟妳坐同一桌嗎？」

怡潔抬頭看了一下男子，男子戴著一副輕薄的金屬框眼鏡，臉龐打理得很乾淨斯文，雖然還不到帥哥的程度，但至少給人的印象是好的。

怡潔轉頭看了一下店內環境，店裡的客人目前有八分滿，但還有幾桌空著，男子其實沒必要跟她共桌。

空著的那幾桌或許有人訂位了，所以才不能坐吧？怡潔先想出一個解釋的理由，然後點點頭對男子說：「嗯，沒關係，請坐吧。」

「謝謝妳。」男子拉開椅子，坐在怡潔斜對面的座位上。

店員沒多久就將男子的拉麵送來了，他似乎不想讓眼鏡因為拉麵的熱氣而起霧，所以把眼鏡拿下來放到桌上後才開始吃麵。

看著男子拿下眼鏡後的臉孔，怡潔覺得這張臉孔有些眼熟，在剛才那場慘不忍睹的活動中，好像有在舞台下看過他，是巧合嗎？

「果然，陰冷的雨天就是要吃拉麵才夠味！」男子吞下一大口麵條，滿足地從口中吐出熱氣，對怡潔問：「小姐妳也這麼覺得吧？這樣的天氣就會讓人想吃拉麵！」

「嗯，是啊……」怡潔敷衍地回答，男子裝熟的態度讓她很介意，對方似乎是別有目的才刻意跟她坐同一桌的。

男子也察覺到怡潔的疑心，他突然將筷子跟湯匙放下，並把眼鏡重新戴起來，正視著怡潔說：「不過雨天也會讓人想起不愉快的事情……妳說是吧？」

「對不起，我現在只想安靜地用餐。」怡潔低下頭，不想跟男子的眼神對上。

「對妳來說，這樣的感覺應該特別強烈吧？」男子接下來拋出的句子，終於讓怡潔不得不正面應戰。「只要一下雨，五年前發生的事就會回到妳眼前吧？」

那一瞬間，怡潔面前的拉麵彷彿失去了溫度，剛喝下去的熱湯也變得冰冷，五年前的畫面及名字全都湧現出來：雨夫人、子曜、佳元村……

怡潔放下餐具，抬起頭冷眼瞪著男子。

「先不要用那種眼神看我嘛，我沒有敵意，只想跟妳請教一些事情。」男子從口袋中拿出名片盒，取出一張名片用雙手遞給怡潔。「還沒自我介紹，這是我的名片。」

怡潔沒有伸手接過名片，只是斜眼看著，男子只好把名片放在桌上，再把雙手縮回去。

名片上印著魏華這個名字，以及公民記者的頭銜，但名片上沒有寫他隸屬於哪家媒體，怡潔猜他應該是自己獨立尋找題材，寫成報導後再賣給各家媒體的自由撰稿人。

「記者來找我做什麼？」怡潔的語氣依舊帶著敵意。

「我剛剛應該有提到吧，我想跟妳請教五年前發生的事情。」

魏華先試探性地拋出主題，看怡潔沒有回應後，又繼續說了下去：「我發現每隔五年，國內就有一個週期會發生大量的失蹤案件，而那些失蹤案都有一個共通點，就是都在雨天發生，妳知道那些在雨天失蹤的人最後都是怎麼被發現的嗎？」

怡潔知道答案，但她沒有說出來，只有嘴唇稍微動了一下。

「那些失蹤者最後都被發現陳屍在水窪裡，而且就跟失蹤時一樣，他們都是在雨天被發現的。」魏華將椅子往前拉，整個上半身離怡潔更近了。

「但五年前有一個例外，有一個失蹤者平安回來了，就是妳的妹妹連芯潔，我想知道妳在五年前是如何找到妳妹妹的，以及整個事發經過。」

魏華顯然有備而來，他會來這間拉麵店絕非巧合，他早就知道怡潔的身分了。

「對不起，」儘管怡潔已經胃口盡失，但她還是端起拉麵站了起來，說：「我想我還是換個位置用餐吧，請你不要跟過來，我無可奉告。」

怡潔端著拉麵就要朝店裡空著的位置走去，魏華盯著怡潔的背影，臉上沒有一絲慌張，因為他知道怎麼讓怡潔改變心意。

「連小姐，我會來找你並不是為了寫稿賣新聞，而是為了救人。」魏華逐漸加重語氣，讓怡潔能感受到他的堅定。「今年已經開始出現受害者了，不管是誰在背後操控這一切，在達到目的之前，他絕不會罷手。」

就跟魏華猜想的一樣，這番話成功讓怡潔停下腳步，接下來就是關鍵一擊：「妳在五年前救出了妳妹妹，這代表妳也可以拯救其他人，而且今年的受害者還留下了新的線索，我們有機會可以在今年阻止悲劇繼續下去。」

關鍵字奏效了，怡潔終於轉過身來，端著拉麵坐回原位。

「今年的受害者留下了什麼新線索？」怡潔問。

2

「如果你想知道五年前發生過什麼事，那就先回答我的問題。」怡潔把拉麵擺到桌子的最旁邊，她已經沒有胃口了。

「你說今年的受害者留下了新線索……那究竟是什麼？」

魏華露出了笑容，他知道怡潔一定會對這話題有興趣，既然對方已經願意對話，那也不用再賣關子。

「五年前、十年前……甚至更久之前的雨天失蹤案，失蹤者們都留下了相同的線索，那就是一條神祕的前進路線，還有『雨夫人』這三個字，但我相信這些妳都知道了。」

怡潔點點頭，她銳利的眼神像是在催促魏華，快點說些她不知道的事情吧。

「但今年的失蹤者卻留下不同的線索，他們的手機裡都有一張詭異的照片……這裡，妳看一下吧。」

魏華拿出手機放到桌上，螢幕上是失蹤者留下的照片，怡潔不知道魏華是怎麼拿到這些照片的，不過身為自由記者，他一定有他的門路。

照片上是某個物體的特寫，幾乎佔據整個鏡頭，沒有在畫面上留下半點縫隙。

乍看之下，那物體像是一塊被埋藏在土裡過久而腐壞的木頭，它的表面似乎刻著某些文字，但僅剩幾豎筆畫清晰可見，根本無法辨識到底刻了什麼字。

「今年失蹤遇害的人，他們的手機裡都有這張照片，看起來像是一塊木牌，但警方在他們的遺體上都沒找到這東西，看起來似乎是有人想利用他們的死亡，來讓別人看到這張照片……」

魏華一邊附加說明，一邊觀察著怡潔的反應，而他也從怡潔表情的微妙變化中隱約察覺出，怡潔搞不好知道這塊木牌的來歷。

「妳知道這是什麼東西嗎？」魏華問。

「我當然知道。」怡潔的視線從手機螢幕上緩緩抬起，說：「五年前，就是我親手把它拿出來的。」

儘管怡潔一直不想去回憶，但五年前在佳元村的那一天，每格畫面、每個情緒全都深深烙印在她的意識裡，找到芯潔時的喜悅，聽到子曜死訊時的哀傷，以及在醫院外見到雨夫人時，那股毛骨悚然的感覺……

怡潔決定把五年前的事發經過全都告訴魏華，如果魏華真的想阻止這一切，那自己就有義務幫他，這也是幫子曜報仇的唯一方法。

聽完怡潔所說的一切後，魏華露出恍然大悟的表情，說：「原來關鍵就是這塊身分證，妳在五年前把它取出來，所以今年才會發生這樣的變化，那個名為雨夫人的魔鬼現在還在透過不斷殺人，想要找到殺害她的凶手……」

「但她註定是找不到的，時間過了那麼久，凶手不可能還活著，要用什麼方法去殺死一個已經死掉的人呢？」怡潔說。

「那如果是凶手的後代呢？」魏華很快又說：「這有沒有可能是阻止雨夫人的唯一方法？透過凶手的後代讓雨夫人知道，當年殺害她的凶手也已經死了……」

「我也希望這樣可以阻止雨夫人，但現在我們眼前就有兩個難題。」怡潔說：「首先，我們不確定凶手有沒有後代，再來，我們也不知道凶手的身分，甚至連名字都沒有。」

「這點好解決。」魏華指著手機上的照片，說：「我之前不知道這塊木頭是什麼，現在知道它是日治時期的身分證後，一切就好辦了。」

看著魏華自信滿滿的表情，怡潔懷疑地問：「你該不會已經查出上面刻著的名字了吧？」

「沒錯，我之前有帶照片去請專家協助辨識，雖然旁邊的小字因為過度毀損，最後還是無法辨認出來，但刻在中間三個字的筆劃還很清楚，專家跟我說那是一個叫『林元明』的漢文名字。」

林元明……怡潔默唸著這三個字，這就是殺害雨夫人的凶手名字，也是導致所有悲劇的元凶。

「我會再透過戶籍資料去查查看，政府近年來一直在整理歸納日治時期的戶籍資料，要是資料齊全的話，我就能查到林元明搬離佳元村後去了哪裡，也能找到他的後代子孫。」

魏華已經開始擬定他接下來的計畫，怡潔卻小聲地吐出一句：「……這樣真的是對的嗎？」

「什麼？」魏華輕輕皺起眉頭。

「假設你真的找到林元明的後代了，你要直接把他們交給雨夫人，逼迫他們面對祖先犯下的罪行嗎？」怡潔說：「他們對祖先的罪行一無所知，各方面來說，他們也是無辜的……」

「總要試試看，不然妳要讓雨夫人繼續濫殺無辜嗎？」魏華突然用拳頭在桌面敲了一下，表情也變得猙獰，這是他第一次對怡潔展露出憤怒的情緒。

怡潔嚇了一跳，自己只是說出實話，魏華怎麼會突然有這麼大的反應？

突然間，怡潔理解了，為什麼魏華會想調查雨夫人的事，以及他為何會來找怡潔合作……

「原來你也是其中之一……是你身邊的誰？」

怡潔彷彿在眼前看到子曜的影子，原來魏華也是一樣的，他們身邊都有重要的人被雨夫人奪走了，所以才有這樣的執著。

魏華陷入短暫的沉默，他放在桌上的拳頭漸漸放鬆，臉部的表情也恢復平靜，看得出來他本來就不打算瞞住這件事，只是沒想到是怡潔主動問起。

「是我太太。」

「什麼時候發生的？」

「五年前，她是在妳妹妹之前的上一個受害者。」

到剛才為止，魏華都努力扮演著意志堅強、不停尋找真相的記者角色。雖然他的職業確實是一名公民記者，但他的內心早在五年前就已千瘡百孔。

「這五年來我一直在尋找真相，我調出所有發生在雨天的失蹤案，一一過濾出相同的案子，然後找到了妳。」魏華不再掩飾情緒，他用無助且哀傷的眼神看向怡潔，說：「我才不管凶手的後代是不是無辜的，我只想阻止那個魔鬼，我不想看到更多跟我太太一樣的無辜受害者了。」

面對魏華的坦白，怡潔沒有直接回應，而是默不作聲地拿起魏華一開始放在桌上的名片收到包包裡，然後把自己的名片拿出來，用雙手遞到魏華面前。

雖然只是簡單的交換名片動作，但怡潔傳達出的意思已經很明確了。

在對抗雨夫人這件事上，她會跟魏華站在同一邊。

3

鶴仁青站在家門口，他抬起頭看著陰沉的天空，一整片吸飽雨水的烏雲籠罩整個天幕，這種大雨即將來臨的壓迫感讓仁青覺得很不舒服。

有些人很喜歡下雨之前的味道，空氣中會帶著微微的水氣，聞起來很清涼，一吸入體內，肺部就像是被洗滌般，整個人煥然一新，仁青卻覺得那種味道跟毒氣無異，下雨的濕氣會蠶食肺部可以呼吸的空間，讓人窒息。

當然，仁青知道這只是自己的心魔，他之所以會在雨天覺得不舒服甚至感到窒息，其實是因為家裡流傳下來的，關於雨天的禁忌……

一滴雨水落到仁青的鼻頭上，仁青皺起眉頭，那些累積在雲層中的砲彈，終於要打下來了嗎？

這時一輛黑色轎車緩緩開到仁青前面，車窗降下，駕駛座上是仁青的妻子顏苓。

顏苓把頭探出車窗，朝仁青問道：「你今天真的不跟我們一起去嗎？」

顏苓比仁青小三歲，雖說她今年已邁入三十五歲大關，但顏苓保養得宜，平常總是剪著清秀的迷你鮑伯頭髮型，配上一百五十公分的嬌小身材，就算走在校園裡，看起來也跟年輕的大學生一模一樣。

「不去了，我去了也只是坐在旁邊休息，根本上不了場。」仁青拍了拍肚子說道。雖然他的身材還不到大眾定義的胖子程度，但肚子越來越大是事實，就算仁青持續控制飲食跟維持有氧運動的習慣，依舊無法改變身體的變化，看來變成肥胖大叔就是他今生的宿命了。

「羽希呢？好了嗎？」顏苓伸長脖子，想看到家門內的情況。

仁青也轉頭看向家裡，他們的女兒羽希已經在玄關將鞋子穿好，正在把羽球拍袋揹到身上。

顏苓從學生時期就是羽球隊的隊員，一直到跟仁青結婚、生下羽希之後，她對羽球的熱愛仍始終如一。顏苓曾經試著把仁青拉進羽球的世界，但仁青不擅長競技類的激烈運動，每次跟顏苓去羽球場都在扯後腿，最後仁青在球場總是坐在場邊休息，完全放棄磨練球技了。

女兒羽希出生後，顏苓便把希望寄託在羽希身上，還好羽希完美繼承了顏苓的羽球天分，儘管才剛升國中，但羽希的球技跟大人比起來毫不遜色，顏苓搭配羽希，她們兩個已經成為附近球場最殺的雙打組合，而今天禮拜六正是她們固定去球場的日子。

「我好了！」羽希揹著羽球袋從玄關跑出來，還順便在仁青的肚子上拍了一下。

「爸爸今天不去嗎？」

「對啊，我在家等妳們回來好了。」仁青輕輕笑著，他伸手摸了一下羽希的頭，說：「而且天空看起來要下大雨了，還是不要出門比較好……」

「好了啦，不要把你老家那奇怪的禁忌傳染給羽希。」顏苓從車上打開車門，催促羽希道：「快上車吧，晚了就沒時間熱身了喔！」

「來了來了！」

羽希興奮地坐上車，母女兩人一起透過車窗跟仁青揮手道別，仁青則擺出握拳姿勢幫她們加油。

顏苓將車開過路口，完全消失在仁青眼前後，天空跟地面同時發出巨大的嘩啦聲，在雲層醞釀已久的大雨終於降下。

仁青回到家裡避雨，他站在窗邊看著外面劇烈的雨勢，但在耳邊響起的不是雨聲，而是阿公憤怒的吼叫聲……

*****

仁青從年幼時期就跟父母一起在城市長大，父親偶爾會在假日或過年時帶仁青去探望阿公，阿公家在北部的鄉下郊區，是一棟蓋在田野間的平房，這棟平房也是父親長大的地方。

在仁青的印象中，阿公總是很瘦很瘦，卻有很大的力氣，仁青曾經看過阿公幫附近的農夫搬運肥料，實在無法想像如此削瘦的身材為何能扛起將近一百公斤的重量。

仁青每次回去的時候，阿公總會偷塞糖果跟零用錢給他，一般長輩寵小孩的行為，阿公幾乎都做過了。

只有在一種狀況下，阿公的性格會像轉換成另一個人般變得暴躁無比，那就是下雨的時候。

一旦天空下起雨，阿公就會把平房的門窗全部關上，並叫所有人都留在屋裡，不准出去淋雨。

仁青覺得很奇怪，如果是怕淋濕的話，那撐傘不就好了嗎？但阿公的家裡卻找不到雨傘，阿公似乎很討厭雨傘，討厭到家裡容不下一把雨傘的存在。

有一次，仁青偷偷打開窗戶把手伸出去沾一下雨水，阿公下一秒就像揪老鼠般抓住仁青的後領，把他整個人用力往後拉，反手大力把窗戶關上，然後開始痛罵仁青。

阿公當時罵了些什麼，仁青已經記不得了，但阿公當時猙獰扭曲的臉孔、以及如惡魔般咆哮的震撼吼聲，現在還深深烙印在他的記憶裡。

父親為了不讓這種事再發生，之後帶仁青回去前都會先看過氣象預報，確定不會下雨再去阿公家。

仁青曾問過父親，阿公為什麼這麼討厭下雨天？父親說他也不知道原因，但這是阿公的老毛病，他以前也是這樣被阿公管到大的，只要下雨，就必須待在屋裡什麼事也不能做，所以父親很早就離開阿公家，到城市獨自生活了。

好在父親沒有把阿公的禁忌套用在仁青身上，而關於下雨的禁忌，也在阿公去世之後慢慢被家人淡忘了。

不知道是不是老天爺故意安排的諷刺橋段，在阿公的告別式當天，天空竟然下起了大雨。

看到來參加告別式的親友都撐著雨傘，連父親也忍不住笑了出來，說：「你阿公最討厭雨傘了，以前吵著要買雨傘都會被他罵，要是這幕畫面被他看到，搞不好他會突然復活，把大家罵一頓才會心甘情願上西天……」

雖然說的是玩笑話，但父親臉上還是露出一絲惆悵。

「但阿公以前不是這樣的，阿公的朋友跟我說過，他年輕的時候在山上老家是一個很厲害的製傘師傅，是後來才搬到山下結婚成家的……」

仁青以為那棟平房一直以來都是阿公的家，沒想到阿公也是後來才搬過去的。

「阿公的老家在哪裡啊？」仁青問。

父親搖搖頭表示不知道，看來阿公並沒有把關於他的過去告訴父親，而是選擇把所有祕密帶進墳墓。

*****

晚餐時刻，仁青在家裡簡單煮了水餃來吃。

每到打球的日子，顏苓跟羽希打完球後都會在外面一起吃過晚餐再回家，這已經變成她們母女的例行公事。

雖然一個人被丟在家裡有點可憐，但仁青認為，給她們母女倆多一點相處的時間，對家庭來說是件好事，說不定等羽希再長大一些，叛逆期來臨之後，這樣的日子就再也回不去了。

配著晚間新聞把水餃吃完，就在仁青要把碗筷拿去洗的時候，桌上的手機響了起來。

看到來電號碼，仁青溫馨一笑，是顏苓打來的，這對母女該不會是良心發現，想要幫他買甜點回來吧？

「喂？妳們終於想起我的存在啦？」

仁青接起電話，但顏苓的聲音聽起來跟平常不一樣，在球場上一向冷靜沉著的她，現在竟慌張到連一句話都要反覆講兩、三遍，仁青才能聽懂。

聽懂顏苓在說什麼後，仁青拋下沒洗的碗筷，快速衝出家門趕往羽球場。

4

儘管已經到了打烊時間，但仁青趕到羽球館時，館內還燈火通明，許多球友聚集在門口交頭接耳尚未離去，停在門口的警車更說明一個事實，那就是今天晚上這裡發生了不尋常的事情。

「不好意思，借我過一下。」

仁青從門口擠進去，很快找到站在櫃檯旁的顏苓，還有一名表情嚴肅的員警站在她旁邊，似乎正在跟顏苓交談。

「苓，我來了！」

仁青在員警旁邊停下腳步，一路飆車過來的情緒還未平復，身體仍因為腎上腺素而微微顫抖著。

「是鶴先生嗎？」員警問道。

「我就是。」仁青點了點頭，然後向顏苓問道：「現在怎麼樣，羽希還好嗎？」

顏苓往旁邊站了一步，原來羽希就坐在她後面的板凳上，只見羽希用手指不停滑動手機，眼睛卻沒有聚焦在手機上，看得出來她也受到極大驚嚇，只好透過滑手機這個單純的動作試著讓自己冷靜下來。

「你女兒沒事，我們會再調監視器過濾附近的可疑分子。之後你們來羽球館的時候也注意一下比較好，盡量不要讓孩子離開視線範圍。」

員警又簡單交待一些事情後就先離開了，把空間留給仁青一家人。

「芩，到底發生什麼事了？」

確認羽希平安無事後，仁青安心不少，但他還是著急地想知道事發經過，因為他接到顏芩的電話時，顏芩只提到：「小希差點被陌生人帶走，你快過來球場。」

顏芩牽起羽希的手把她從椅子上拉起來，說：「等一下再說這個，小希剛才一直在幫警方做筆錄，現在還沒吃晚餐。」

「啊，既然這樣……」

雖然仁青已經在家裡吃過水餃，但在飆車過來時，水餃彷彿已被焦慮消化殆盡，現在也有點餓了。

仁青想到附近有一間二十四小時營業的速食店，便決定帶她們過去吃飯，再一邊聽顏芩說事發經過。

******

顏苓說，事情是在她們剛打完球，正要離開時發生的。

當時顏苓在櫃檯跟另一位球友聊天，羽希則站在旁邊等候，因為兩人越聊越開心，球友擔心羽希會無聊，便對羽希說：「惠雯在外面，妳要不要去外面陪她？我跟妳媽很快就聊完了。」

惠雯就是那位球友的女兒，年紀只比羽希大一歲，她跟羽希是隊上唯二的國中生，球場下彼此也是好朋友。

羽希也知道這是母親的壞習慣，一跟人聊起來就沒完沒了，看這情況，至少再十分鐘是跑不掉的。

「那我先出去了，媽，妳快點出來喔。」

儘管知道沒什麼用，羽希還是催了一下顏苓，而顏苓的回應就跟羽希預料的一樣，敷衍地點點頭，然後繼續開聊。

羽希無可奈何地往外走，準備先跟惠雯碰面，再一起抱怨她們的母親有多長舌。

羽希記得每次打完球後，惠雯都會站在門口外面玩手機，但這一次，羽希沒有在熟悉的位置上看到惠雯，而是看到她站在另一個地方。

夜晚的天空仍下著雨，惠雯卻沒有站在能遮雨的地方，而是站在毫無遮蔽物的道路中央，而且還有另一個人跟她站在一起。

那人的身影在路燈的照射下顯得相當清晰，在雨水的反射下甚至隱約發出水光，但羽希卻無法理解眼前看到的畫面。

一名陌生女子跟惠雯站在一起，女子的模樣看起來就像直接從日本古裝劇走出來般，身上穿著紅黑色相間的復古和服，頭髮也用髮髻整齊地盤在腦後，女子的左手撐著一把紙傘，右手則牽著惠雯，她像是要將惠雯帶去某個地方，和服的身影背對羽希，以拘謹的步伐緩慢前進著，惠雯則像個被大人牽著的小孩，順從地跟著她走。

和服女子的身材比羽希要高上許多，從羽希的角度無法看到傘面上的圖案，不過眼前更重要的問題是，那女子是誰？她又要把惠雯帶去哪裡？

不管怎麼看，那女子都不可能是正常人，哪個正常的台灣人會穿這種服裝出門？

羽希想了一下該如何叫住對方，最後直接大叫一聲：「喂！」

這一喊有了效果，和服女子跟惠雯的腳步幾乎同時停下，但也只是停下來而已，兩人都沒有其他動作。

羽希知道自己必須繼續說話，不然和服女子會繼續牽著惠雯離開。

「……妳、妳是誰？」恐懼不安的情緒讓羽希結巴了一下。

和服女子動了，她將上半身微微往後轉，朝羽希露出半張側臉。

那是一張慘白的美麗側臉，那張臉的美已經超越羽希對這世界的理解，還有女子眼神中流露出的哀戚神情，更是超乎一個國中生對於成人的想像，羽希從來沒想過，一個人的情緒竟能夠感染空氣，讓空氣變得如此沉重混濁。

還是說，對方根本就不是人類？

和服女子身上散發出的混濁氣息就像無形的觸手，先隱藏在空氣中，再快速將羽希整個人包覆住。

羽希感覺空氣中有東西在壓縮她的身體，她無法動彈，也發不出任何聲音。

和服女子的眼神由下往上慢慢挑起，定焦在羽希身上。

看到羽希的那一刻，和服女子的表情發生了變化。

她的嘴角往旁邊揚起，勾勒出詭異的角度，半張美麗的側臉突然變成如同小丑般的可怕笑臉。

她的嘴在笑，眼神卻憎恨地瞪著羽希，那恨意化為刀鋒直接砍到羽希面前，雖然肉眼看不到，但羽希知道有某種銳利的東西正劃破空氣朝自己而來。

在這一刻，羽希的喉嚨終於突破恐懼，大聲尖叫起來。

顏苓跟球友聽到尖叫聲後馬上從羽球館裡跑出來，卻只看到呆站在路中央的惠雯，以及癱坐在地上、因為情緒激動而開始落淚的羽希，詭異的和服女子及紙傘在一瞬間消失得無影無蹤。

顏苓馬上去關心羽希，球友也把惠雯從路上拉回來，惠雯花了好一段時間才回過神，對於剛才發生的事情，她竟然一點記憶也沒有。

惠雯在失神前記得的最後一件事，就是她在門口外面看到一把漂亮的紙傘，當她伸手去拿之後，就不記得後續的事了……

唯一目擊到那名和服女子的，只有羽希一個人。

******

聽完顏苓轉述的事發過程後，仁青皺起眉頭看向羽希。

穿和服的女怪人，而且還會瞬間消失……這聽起來不像台灣會發生的事，而是日本的都市傳說，有沒有可能是羽希受到恐懼的影響，所以對眼前的畫面產生誤解，進而把故事誇張化了呢？

羽希似乎猜到仁青的想法，直接地問：「爸，你相信我嗎？」

畢竟是自己女兒，就算心裡抱持懷疑，也不能表現出來。

「我當然相信妳啊，怎麼問這種問題？我是妳爸耶！」

「因為……我在做筆錄的時候，那個警察的表情就很明顯，好像我在胡說八道一樣。」

羽希沮喪地低下頭來，仁青覺得有些心疼，於是說道：「他們不瞭解妳，但爸爸永遠站在妳這一邊，等一下我再去加點妳愛吃的蘋果派，好不好？」

聽到蘋果派三個字，羽希果然笑了，雖然是硬擠出來的笑容，但至少能讓仁青不再那麼擔心。

就在仁青準備去櫃檯加點的時候，他發現顏芩從剛剛就一直在手機上輸入文字，便問：「怎麼了，球友傳訊息來關心羽希嗎？」

「我想把這件事貼到媽媽社團，請其他家長多加留意那個穿和服的怪女人。」顏芩說：「要不是羽希即時求救，惠雯早就被那個怪女人帶走了，這次她沒有成功，誰知道下次呢？」

「這麼做也好，或許能找到更多目擊者，大家再一起提供線索給警察，讓警察知道羽希說的都是真的。」仁青肯定顏苓的做法，並對羽希眨了一下眼睛，羽希則是回了一個調皮的笑臉。

仁青來到櫃檯，幾個年輕人正在前面點餐，在排隊的時候，仁青轉頭看向玻璃門外。

本來只是無心一瞥，但仁青這一眼卻看到了詭異的一幕。

夜晚的大雨未停，透過雨幕，仁青依稀看到一個撐傘的女子身影佇立於對面停車場的入口處。

因為隔著一段距離，仁青只能看到女子身上的紅黑配色，以及一體成形的服裝，有點像和服……難道是羽希遇到的那個怪女人？

仁青打算走出速食店看清楚一點，卻聽到身後傳來店員的聲音。

「先生，可以幫你點餐囉！」

仁青轉頭看向櫃檯，原本排他前面的年輕人已經離開了，再看回對面的停車場，入口處空空如也，沒有半個人。

看錯了嗎？仁青疑惑地搔著頭，難道是他一直想著羽希遇到的事才會產生錯覺？

「先生？要點餐嗎？」看到仁青呆站在原地，店員又問了一次。

仁青這才回過神來，走到櫃檯跟店員致歉後，一口氣點了三份蘋果派。

5

席地而坐看書的顧客，這似乎是台灣每間書店都能看到的景象，雖然有些人看不慣這種行為，因為這些顧客的行為就跟白吃白喝一樣，看完書後也不買，坐在地上還會擋住通道，跨過去還要小聲說「對不起」，好像是自己做錯了一樣。

不過不得不說，若少了這些顧客，台灣的書店也就沒有那種味道了，這應該是只有常逛書局的人才懂的醍醐味吧。

怡潔小心翼翼地從坐在地上看書的顧客上方跨過去，最後在懸疑小說的書架前停下腳步。

除了各國的偵探小說外，這一區也擺有許多恐怖小說跟鬼故事，怡潔的視線從整排的書背上掃過去，發現每本書的書名都取得很有技巧，畢竟要如何利用簡單的幾個字就讓讀者感到恐懼，甚至在又怕又愛的情況下掏錢購買，對作者來說也是一門學問。

怡潔從書架上選了一本書，先看了一下封底上的故事簡介，然後翻開來看了幾頁，從文字中確實可以感覺到作者絞盡腦汁想要嚇讀者的巧思，但這些情節在怡潔眼裡就跟童話故事一樣無害。

有了五年前在佳元村的經歷，現在市面上的恐怖片對怡潔來說就跟卡通一樣，不管音樂跟特效製作得多精緻，都比不上真實發生的情節。

怡潔剛把書放回書架，旁邊就傳來芯潔的聲音：「姊，我好了！」

轉頭一看，芯潔站在書架盡頭的走道上，懷裡抱著一疊書正在對怡潔招手。

怡潔走出書架來到芯潔身邊，她瞪大眼睛看著芯潔懷裡抱著的書，驚嘆道：「妳買那麼多啊？」

在芯潔懷裡的是許多漫畫跟圖文書，都是芯潔的最愛。

芯潔吐了一下舌頭，調皮地說：「好不容易來書局一趟，而且妳自己說要幫我結帳的，可不能賴皮喔。」

「知道啦！」怡潔臉上故作鎮定，心裡卻在淌血。

雖然錢包大失血，但怡潔覺得這筆錢花得很值得，至少成功讓芯潔出門了。五年前把芯潔從雨夫人手中救回來後，芯潔就一直害怕下雨，甚至不敢出門，因為連氣象預報也猜不到哪時會下臨時陣雨，對芯潔來說，只有待在室內才是安全的。

雖然芯潔有用在家接案的方式持續工作，但怡潔還是希望她能多出門走走，今天終於以「買什麼都由姊姊買單」為條件，成功讓芯潔一起出來逛街了。

結過帳後，怡潔主動提議到書局旁的咖啡廳坐一下，芯潔也點頭同意，因為有幾本書她已經迫不及待想先看了。

怡潔剛推開咖啡廳的門要走進去，手機卻突然響起，看到來電號碼後，怡潔將錢包交給芯潔，說：「妳先去找位置點餐，我很快進去找妳。」

「是工作的電話？」

「嗯，我講一下就好。」怡潔沒多說，直接轉身走到人行道上接起電話：「有查到什麼了嗎？」

「抱歉，難得打給妳，卻要跟妳說壞消息。」魏華在電話另一頭說道：「我查過戶籍系統了，但找不到佳元村從日治時期留下來的資料，我問過之後才知道，原來那些資料從來沒被登錄過，而是以紙本的方式由村長管理著。」

「能找到當時的村長嗎？」

「他在佳元村廢村沒多久後就去世了，死因是自宅發生火災，那些資料恐怕也在火災中一起被燒毀了。」魏華換提起另一個線索：「我也查過『林元明』這個名字，目前還找不到出生年代相符的人，他在搬離佳元村後一定有換過名字。」

「所以這兩個線索都落空了。」

怡潔轉頭看了一下咖啡廳，芯潔已經點完餐，找到靠窗的位置坐下。

「但我不是為了專程報告壞消息才打給妳的，還有一件事，我認為妳應該也要知道。」魏華繼續說：「妳電話不要掛，我傳一個連結給妳，妳先看完再說。」

怡潔的手機發出提示聲，果然同步收到了魏華傳來的連結。

開啟連結後，怡潔發現那是一篇從媽媽社團轉出來的社群貼文，怡潔對這種社團本來是沒有興趣的，但這篇貼文的內容卻讓她不由自主地閉住呼吸，把每個字都專心看完了。

那是一篇提醒家長注意可疑人物的文章，撰寫文章的媽媽說她帶女兒去市內某間羽球館打球時，她女兒跟球友的女兒都差點被一名可疑人物帶走，文中更附上可疑人物的特徵，請其他家長多加注意。

怡潔喃喃地把那些特徵唸出來：「年輕女子，身穿黑紅配色和服，手撐紙傘……」

「聽起來就跟雨夫人一模一樣。」魏華繼續在電話中說：「這篇貼文裡還有一個重要資訊，雨夫人原本似乎想帶走另一個孩子，結果這位媽媽的女兒剛好走出來，她在目擊到雨夫人後馬上尖叫求救，這才沒有讓雨夫人得逞，妳知道這代表什麼嗎？」

「不對勁，跟之前不一樣。」怡潔低聲回答。

「沒錯，除了妳妹妹之外，其他目擊到雨夫人並被她帶走的失蹤者都死了，但雨夫人這次沒有帶走任何人，還留下一個目擊者，她的行動模式變了，為什麼？」

「我有一個推論，不過我想先聽聽你的想法，可以嗎？」

「當然可以。」魏華早有準備，他直接闡述自己的想法：「從整個事發經過看來，雨夫人應該是在被那個女孩看到之後才改變主意並逃走的，關鍵就在那個女孩身上，她當下是不是做了什麼？或是她本身有其他獨特的地方，才會讓雨夫人改變原本的行動模式？」

「嗯，我的想法跟你一樣。」確認兩人的思考方向相同後，怡潔說：「看來我們有必要去那間羽球館找當事人問清楚了。」

魏華的記者身分這時候就派上用場了，他說：「我會擬好採訪主題，看能不能讓她們接受訪問，妳今天晚上有空嗎？」

魏華似乎打算今晚就動身，怡潔遲疑地看向咖啡廳內，剛好跟芯潔對上眼。

飲料跟甜點都送上桌了，但芯潔沒有吃喝半口，只是擔心地看著怡潔。

「約明天吧，我今晚有事。」

跟魏華約好明晚見面的時間後，怡潔掛上電話走進咖啡廳，還沒等她坐下，芯潔就先關心道：「妳講電話時的臉色好沉重，被主管欺負了嗎？」

「怎麼可能，我已經不是之前那個菜小妹了，公司現在哪有人敢刁難我啊？」怡潔注意到桌上有一杯焦糖布丁，便轉移話題說：「這是妳幫我點的嗎？」

「當然，我記得妳最愛吃這個了！」

「還是妳懂我，謝啦！」

怡潔拿起湯匙將布丁送入口中，酥脆的焦糖跟布丁的順滑口感在口中融合，怡潔感覺幸福極了。

怡潔決定把今天的時間都拿來陪伴芯潔，對雨夫人復仇的事就留待明天再說。

這件事不能被芯潔知道，因為幫子曜報仇是自己的責任。

五年前犧牲的應該是自己，而不是子曜。

怡潔一直沒有忘記這一點。

6

羽球對怡潔來說並不陌生，她在大學時就有固定打羽球的習慣，雖然球技不到頂尖，但至少上得了檯面。

進入公司上班後，忙碌的公關工作讓怡潔沒時間再去羽球館，羽球拍也被塵封在櫃子裡，等待重新出鞘的那一刻。

在前往羽球館跟魏華碰面前，怡潔特地把羽球拍從櫃子深處找出來，並穿上合適的運動服，一看到鏡子裡的自己，怡潔彷彿回到大學時期，當年的羽球女孩又回來了。

芯潔看到怡潔這一身打扮也嚇了一跳：「姊，妳要去打羽球？」

「嗯，朋友約的，好久沒動了，就去打一下。」怕芯潔多問，怡潔隨便講個理由就出門了。

那間羽球館頗受球友歡迎，從門口前停放的眾多汽機車，以及館內不斷傳來的殺球聲，就能知道這裡的人氣有多旺。

怡潔抵達時，魏華已經在羽球館門口等她了，不過魏華只穿著簡單的襯衫跟牛仔褲，完全不是羽球館裡會出現的裝扮。

「你穿這樣？」怡潔錯愕地打量著魏華。

「這是我要問的吧，妳要下場一起打球嗎？竟然連羽球拍都帶來了。」魏華也被怡潔的裝扮嚇到了。

「我以為我們要讓自己融入環境裡，這樣才能順利接近當事人，問到情報……」

「我是記者，不是偵探，一般來說，直接讓對方知道我們是來訪問的，反而比遮遮掩掩的偽裝更能獲得對方的信任。」

站在受訪者的立場思考，似乎真的是這樣沒錯，又學到一課了，怡潔在心裡感嘆著。

兩人進入羽球館內，裡面果真座無虛席，每個場地都有人在使用，場邊也坐滿了等候上場的球友，怡潔的羽球魂很快燃燒起來，她很想馬上打一場球來重溫大學時光，但她只能將這股熱血壓抑下來，因為眼前還有正事要辦。

魏華先找上了櫃檯後的羽球館員工，主動表明身分並遞上名片後，員工露出一頭霧水的表情，他不知道怎麼會有記者找上門來。

「是這樣的，我想請教不久之前發生在這間羽球館的誘拐未遂案，因為我們長期關注這個議題，希望提高家長跟孩童的警覺心，不讓類似的事件再度發生，所以希望能訪問當事人，盡可能取得更多細節，作為警惕的案例報導。」

魏華用的理由很巧妙，員工完全被他唬得一愣一愣的，最後員工指向其中一個場地說：「那對母女剛好在場上打球，喏，就是她們。」

魏華跟怡潔一起看向員工所指的場地，果然有一對母女正在跟兩名中年男子進行雙打，應該就是她們了。

跟員工道謝後，魏華跟怡潔一起到場邊等待，一邊欣賞那對母女的球技。

母親年約三十多歲，看上去還很年輕，她殺球的力道猛烈，屬於攻擊型的球風；女兒看起來則是剛升國中，球風走靈活路線，前場的吊球、救球都難不倒她。

這對母女搭檔的球技顯然技高一籌，對面兩名男子毫無招架之力，很快就被打退場了，那對母女似乎也累了，走向場邊準備休息。

等她們喝水稍作喘息後，魏華才走到那位母親旁邊，禮貌地問道：「妳好，請問方便打擾嗎？」

「嗯？有事嗎？」

「這是我的名片，我們在網路上看到妳發表的文章，就是提醒家長要留意可疑人物的那篇，因為我們長期關注這個議題，所以……」

魏華把剛剛對羽球館員工那套又重複說了一遍，因為剛坐下來休息而已，那位母親的思考速度似乎跟不上魏華的語速，只是不斷點著頭。

「如果可以的話，我們想訪問一下妹妹，希望能讓報導內容更加充實，可以嗎？」

魏華瞄向坐在一旁的女兒，她的模樣看上去很緊張，似乎很怕魏華，應該是經過上次的事件後，就對陌生人有戒心了吧。

「如果妹妹不好意思的話，那我們採訪小姐就好，可以嗎？」

魏華主動給了第二個選項，母親則是同意這個方案，由她代替女兒接受訪問。

自我介紹後，得知母親名叫顏芩，女兒的全名則是鶴羽希，一聽到這名字，怡潔就忍不住稱讚道：「很特殊的姓氏，名字也很漂亮呢！」

「謝謝。」羽希害羞地點了點頭，看來她比較不怕怡潔。

「那麼顏小姐，可以請妳再描述一次那天晚上的經過嗎？」

魏華想再聽一次當事人的說法，並從中找到新的情報，通常當一個人反覆敘述一件事時，腦中能想起的細節也會增加。
但顏苓口中說出的內容卻跟文章裡提到的差不多，沒有值得一問的地方。
既然如此，只能從其他方面問問看了。
「那件事過後，妳們還有目擊過那名穿和服的女人嗎？」魏華問。
「沒有耶，不然我一定叫警察抓她。」顏苓說。
「那名穿和服的女人有沒有可能是妳們認識的人？或是曾經出現在妳們身邊的人呢？」
儘管只有羽希目擊到，但顏苓還是斬釘截鐵地說：「絕對不可能，小希很會認人，如果是認識的人，她一定會有印象。」
「好的，那麼下個問題……」
魏華接著又問了幾個問題，但都沒什麼收穫，時間越拖越久，其他球友開始呼喚顏苓上場打球，訪問只怕要被迫結束了。
「可以先這樣就好嗎？我們要上場打球了。」顏苓說著拿起球拍，看來她已經坐不住了。
最後一刻，怡潔直接把藏在心裡的問題問出來：「請問妳們聽過『雨夫人』嗎？」

「雨夫人？」

「對，下雨的雨，雨夫人。」

母女間彼此交換眼神後，給了一樣的答案：「沒聽過耶，跟這件事有關係嗎？」

「不，沒什麼，非常謝謝妳們今天的配合。」

顏苓跟羽希拿著球拍準備上場，魏華跟怡潔只好先退到一邊。

羽希踏上球場前，怡潔突然產生一股衝動，她往前走叫住羽希：「小希妹妹！」

羽希停下腳步轉過身來，怡潔剛好蹲到她面前，兩人近距離面對面。

「之後如果再看到那個女人，不要靠近她，離得越遠越好，最好也不要在下雨的時候出門，記住我說的，好嗎？」怡潔對羽希慎重叮嚀。

看羽希被叫住，顏苓也過來關切：「還有什麼事嗎？我以為都問完了。」

「不好意思，沒事了。」

怡潔往後退出球場，她跟魏華都知道今天只能到此為止。

雖然沒有實質上的收穫，但怡潔仍覺得羽希身上藏著某種祕密，而且是跟雨夫人有關的祕密……

*****

有了上次的驚險經驗，顏芩現在離開羽球館時一定會陪著羽希，交通方面也是由仁青開車接送，如果再發生類似的事情，有男生在場也比較保險。

仁青把車開到羽球館門口，羽希先坐進後座，顏芩才坐上副駕駛座。

開車後，仁青發現顏芩不太對勁，她平常一上車就會開始炫耀今天又贏了幾場球，現在卻特別安靜。

「妳臉色好糟，今天一直輸球嗎？」

顏芩就是在等這一刻，有些事本來就是男生要主動察覺並發問的。

「今天有人來球場找我跟小希。」顏芩拿出魏華的名片交給仁青，並把接受訪問的事情告訴他。

趁著等紅燈的空檔，仁青端詳著手裡的名片，皺起眉頭說：「我怎麼覺得那兩個人很可疑，該不會跟那怪女人是一夥的吧？」

「我後來也這麼覺得，他們還問我一個怪問題，說有沒有聽過『雨夫人』，不知道那到底什麼意思。」

「雨夫人？」

「怎麼了，你知道那是什麼嗎？」

「我好像聽過這三個字，但是想不起來在哪聽到的……」

紅燈的秒數剩下倒數五秒，仁青將魏華的名片丟進置物箱，準備開車。

當紅燈轉換成綠燈，仁青踩下油門繼續前進。

車子前進的瞬間，一段記憶突然從仁青的大腦甦醒過來。

那是在阿公的平房裡，年幼的仁青站在窗邊看著外面的傾盆大雨。

「阿青，你記好，下雨天絕對不能出去。」

阿公的叮嚀聲從身後傳來。

「不然雨夫人會把你抓走，你要記得，記得……」

7

對每天開車上班的人來說，一大早就下雨，絕對是他們最不樂見的事情。

真正可怕的並不是下雨本身，而是下雨後，許多騎機車或腳踏車上班的人就會改成開車出門，路上的車流量會比平常暴增三到四倍，塞車是無法避免的，寶貴的時間也因此在車陣中被浪費掉了。

十分鐘前，仁青就已經把車子停在家門口等著要接羽希上學，但羽希卻遲遲沒有出來，仁青看著手機上的即時車況，心裡估算著因為雨勢被拖延到的時間，並想著今天遲到的後果。

仁青的公司有個規定，那就是遲到的人要在休息時間請同事喝飲料，價格不拘，要請養樂多也可以。

不過今天一大早就下雨，遲到的一定不只仁青一個，損失應該不會太大。

突然有人敲了一下駕駛座的車窗，仁青轉頭一看，只見顏苓撐著雨傘站在外面，臉上露出有些調皮的笑容。

仁青將車窗降下，顏苓很快把手伸進車內將沾滿雨水的手掌壓到仁青的後頸上，讓仁青冷到直打哆嗦，但仁青沒有生氣，因為他知道這是顏苓最愛的惡作劇，都十幾年的老夫老妻了，顏苓還是改不掉這壞毛病。

看到仁青發冷的樣子，顏苓滿意地笑著說：「下雨天開車小心一點喔，我先去上班了。」

顏苓的公司距離比較近，撐傘走一段路就可以到達。

仁青帶著抱怨的口吻說：「路上已經塞滿車了，羽希還沒好嗎？」

顏苓看向家門口，羽希還是沒有出來的跡象。

「你又不是不瞭解我們女兒，反正等一下我不在，你要在車上怎麼訓她都可以，不過不能太過火喔。」

顏苓出發去上班後，羽希終於穿好鞋子從家裡走出來，她小跑步來到車邊，拍掉身上的雨滴後坐到車上。

「爸，我好了，出發吧！」

仁青本來想嚴厲地唸羽希幾句，但一看到她充滿幹勁繫上安全帶的樣子，肚子裡的氣就全消了。

「動作這麼慢，今天下雨會塞車，遲到可不要怪我喔。」

仁青嘆了口氣，右手俐落地將手剎車放掉、換擋，但還沒等他踩下油門，雨勢突然伴隨著強風將一個物體吹到車頭前方，擋住了前進的路。

滿是雨水的車窗讓視線有些模糊，但還是能看出滾到前面的是一把撐開的雨傘。

仁青看了看周圍，附近並沒有其他行人經過，不知道雨傘究竟是從哪裡滾過來的，就算如此也不能隨便開車壓過去，那把雨傘終究是某個人的財產，要是有糾紛的話會很麻煩。

「妳留在車上，爸爸很快回來。」仁青對羽希說完便下車往前走，打算把雨傘移走再開車。

仁青剛走到雨傘旁邊，突然又一陣風將傘吹動，傘緣先在地上畫了個半圈，然後整個傘面轉過來面對車子，傘面上的圖案也進入羽希的視線範圍。

儘管車上開著暖氣，但當羽希看到傘面上的圖案時，車內的溫度彷彿瞬間降到零度以下，讓羽希難以呼吸，肺部也因寒顫而感到刺痛。

傘面上畫著一名和服女子。羽希看過這名女子，就在那天晚上，在羽球館……

——叩叩。

似乎有人在敲羽希的車窗。

羽希僵硬地轉動脖子，透過車窗，她再次跟那張淒美的女子臉孔對上了眼。

「真難得，現在還有這種雨傘呀。」仁青走到雨傘旁邊後，才發現這是一把洋溢著復古氣息的紙傘，竟然把這麼漂亮的傘丟在這裡，主人真是太不應該了。

仁青彎下腰要拿起紙傘，但紙傘這時又動了起來，這次並不是被風吹動的，紙傘像是擁有自己的意識般，直接騰空而起往車頭飛去，最後掉在副駕駛座前面，傘面將整個車窗擋住，看不到車內的情況。

等仁青轉身看向車子時，紙傘剛才不自然的飛行路徑已被他拋到腦後，因為他眼前看到了更詭異的一幕。

一名和服女子站在車子右側，就在副駕駛座旁邊。

黑紅配色的服裝，美麗到令人窒息的五官卻散發著讓人絕望的哀傷氣息，就跟羽希描述的一樣……仁青可以肯定，這個女人就是羽希看到的那名和服女子。

羽希呢？她是不是對羽希做什麼了？仁青想確認羽希的狀況，但車窗被紙傘遮住，看不到羽希。

仁青想直接衝到車邊把紙傘丟開來確認羽希的安全，但那名和服女子就在旁邊，要是冒然衝過去，她可能會直接傷害羽希。

在這樣的考量下，仁青選擇了最保險的做法。

「……妳想要什麼？」仁青想讓自己的聲音聽起來仍然是冷靜的，儘管他心裡已燒成一團。

和服女子做出了回應，但不是透過言語，而是動作。

和服女子舉起右手，蒼白修長的食指跟手腕連成一線指向仁青，恨意透過指尖跟眼神像飛刀般射向仁青，仁青甚至能看到她的恨意在雨幕中劃過，最後刺在自己身上的痕跡。

仁青還沒從情緒中恢復過來，和服女子已經拿起紙傘。她將傘面對著仁青，啪一聲快速把傘收起來。

紙傘收起來的瞬間，傘後的和服女子就像被傳送到另一個空間，跟紙傘一起從雨幕中消失了。

同時，仁青也看到了車上空蕩蕩的副駕駛座。

殘忍的事實衝擊著仁青的大腦，消失的不只有紙傘跟和服女子，還有羽希。

*****

仁青不記得他跟警方講過幾次同樣的證詞了。

但他知道自己全都說了，不管警察相不相信，他把所見的事實都說出來了。

先是滾到車子前面的紙傘，然後是那個和服女子，最後她們都不見了，連羽希也被帶走了。

做筆錄的員警跟仁青確認了好幾次證詞，仁青只能不斷重複相同的內容。他能從員警懷疑的表情中察覺到，警察並不相信他，他們搞不好認為仁青的證詞只是他在過度驚嚇下產生的幻覺，根本沒有什麼憑空消失的女人。

顏苓在接到電話後馬上從公司趕來，她見到仁青的第一個反應就是無法原諒地捶打他的胸膛、泣不成聲地罵著他，明明有他在，為什麼羽希還會被帶走？

不只顏苓，圍觀的鄰居也都用責備的眼神看著仁青，仁青彷彿能聽到他們的竊竊私語：「身為父親，竟然讓女兒在自己眼前被陌生人帶走。」「天啊，這種人竟然也有資格當父親？」

面對這些指責，仁青只能羞愧地低下頭承受，因為這確實是他的責任。

警方承諾會出動人手去找羽希，但到了晚上還是沒有羽希的消息，雨勢也跟著下到了晚上。

顏苓因為打擊太大跟過度疲勞而把自己鎖在房間休息，仁青則是將自己關在車上。看著到底的油量，仁青雙手緊握在方向盤上，猶豫著要不要開車出去再繞一圈。他今夜已經開車在市區繞了無數圈，期盼能在街上找到羽希的身影，但每一趟都落了空。疲累讓仁青幾乎睜不開眼睛，難道今天只能到此為止了嗎？

「媽的！」

仁青憤恨地在方向盤上捶了一下，除了整晚的一無所獲外，仁青這一捶更主要是在氣自己的無能。

啪喀一聲，這一捶讓車上的置物箱彈開來，一張名片緩緩掉落到仁青腳邊。短暫的遲疑後，仁青撿起名片，並看著名片上的頭銜「公民記者　魏華」。

「雨夫人……」仁青喃喃唸著。

顏苓曾經說過，這位記者去羽球場訪問她的時候提過雨夫人，然後隔不到一天，羽希就被那個穿和服的怪女人抓走了。

在仁青的記憶中，阿公也警告過仁青關於雨夫人的事情……

雨夫人，穿和服的女子，紙傘……仁青努力想把這些事情串在一起，腦袋卻無法運作。

阿公已經不在了，但這名記者鐵定知道些什麼。

仁青打定主意，拿出手機開始撥打魏華的電話。

8

怡潔抵達約好的咖啡廳時，魏華已經站在門口等她了。

空中下著就算淋濕也無所謂的小雨，這場雨勢從昨天早上就持續到現在，氣象預報說可能會持續一個禮拜。

魏華為何不進去店裡等，而要站在外面淋雨呢？怡潔直接問道：「對方還沒到嗎？」

「他已經在裡面了，我只是覺得我們一起進去會比較好。」魏華說。

「打電話給你的是先生對吧？那對母女也有一起來嗎？」

魏華搖了一下頭，說：「只有他自己一個人來，我在電話中問他怎麼會想跟我們見面，但他不願透露理由，只說有事要當面問我們。」

「聽起來不妙，他們家一定出事了。」

怡潔透過玻璃看向咖啡廳內。

店裡的顧客幾乎都是成群結伴的好友或情侶，只有最角落的一桌例外，一名臉色蒼白的男子孤零零地坐在那裡，儘管點了咖啡，但咖啡附的糖跟奶精都完好無缺地放在盤子上，男子只是對著咖啡發呆，完全沒有要攪拌來喝的意思。

「我們先進去再說吧。」

怡潔伸手推開咖啡廳的門，朝坐在角落的男子走去。

*****

怡潔跟魏華先點了兩杯熱咖啡，接著怡潔又加點了三份甜點，其中一份是男子的，若能在用餐的氣氛中進行對話，對方的情緒也能得到舒緩，前提是對方有胃口的話。

介紹過名字後，仁青主動揭開話題：「你們去羽球館找過我女兒，對吧？」

「是的。」魏華跟怡潔一起點頭。

「我女兒昨天早上失蹤了，被人帶走了。」仁青用灰暗的眼神輪流看著魏華跟怡潔，並用幾乎是哀求的語氣說道：「我不知道你們手上有多少線索，但為了救回我女兒，要花多少錢我都願意……請告訴我，那個穿和服的女人到底是誰？」

儘管怡潔已經有了心理準備，但聽到羽希失蹤的消息，她還是忍不住心中一緊，因為眼前的仁青，就跟五年前的她一模一樣。

「雖然我有報警了，但我不認為警方能幫我，他們連我的證詞都不信了……」仁青的語氣越來越低沉，怡潔感覺他整個人都在下墜，像是隨時會在座位上崩潰。

魏華開始發揮記者的本領，主動引導話題：「鶴先生，我知道這對你來說很不容易，但能請你跟我們描述一下羽希失蹤的過程嗎？當時在場的是你還是你太太呢？」

「是我，小希被帶走的時候我就在旁邊……」

仁青正要繼續說下去，店員這時剛好送上魏華跟怡潔點的熱咖啡及甜點，怡潔把其中一份甜點推到仁青面前，說：「不要客氣，我們邊吃邊說吧。」

仁青沒有胃口，所以只是象徵性地嚐了一口，但糖分還是發揮了效果，在講述羽希被帶走的過程中，仁青的情緒逐漸平緩下來，恢復成一名父親該有的可靠模樣。

聽完事發經過後，魏華跟怡潔交換眼神，彼此有了共識。

「就跟我們想的一樣，是雨夫人把羽希帶走的。」怡潔說。

仁青馬上對雨夫人有了反應：「你們在羽球場也跟我太太提過這三個字，這就是那女人的名字嗎？」

「我們還沒查到她的本名，雨夫人只是她的代稱。」魏華說：「鶴先生，請你冷靜聽我說，羽希並不是第一個因此失蹤的人，根據我們瞭解，雨夫人每隔五年就會出現一次，並帶走大量的失蹤者。」

「那麼，那些失蹤者……」

「多數都死了，我太太也是被害者，所以我才會如此努力追查這件事。」

仁青沒有漏掉魏華話語中的關鍵字，很快追問：「你說『多數』……所以有人活下來了？」

「是的，五年前有個例外。」魏華朝怡潔撇了一下頭，說：「她妹妹活下來了，所以我們也有機會能救出羽希，重點是你要相信我們。」

「只要有方法能救我女兒，不管怎樣都可以！」仁青用找到救星的眼神看著怡潔，原本平復的情緒又激動起來。「妳是怎麼救出妳妹妹的？不能用一樣的方法救出小希嗎？」

「我們會把詳細內容告訴你，但在這之前我們想先搞清楚一件事，那就是羽希是不是有什麼與眾不同的地方？」

「與眾不同？我不知道你指的是什麼……」魏華的問題把仁青搞糊塗了。

「雨夫人每次出現時，受害者都會直接被她帶走，但她這次卻先現身在羽希面前，隔一段時間後才把她帶走，這是之前從未發生過的情況。」

魏華說完後，換怡潔接話道：「鶴先生，能請你試著回憶看看嗎？從羽希在羽球場第一次看到雨夫人，到她昨天被帶走的這段時間內，你們家有沒有發生過不尋常的事情？任何細節都可以。」

「不尋常的事？」仁青皺起眉頭回憶道：「好像沒有，這段時間除了在接送上會特別小心之外，我們的生活都跟之前一樣……真要說的話，那就是你們本身了。」

「我們？」這次換魏華跟怡潔聽不懂了。

「你們不是去羽球館訪問小希跟我太太嗎？記者找上門，這對我們家來說就是很不尋常的事情了。」

仁青說的話讓怡潔腦中浮現一個全新的思考方向——如果關鍵就是他們本身的話呢？

或許雨夫人在等的，就是怡潔跟仁青一家人的接觸。她想利用怡潔，把某件事傳達給仁青知道。

怡潔有一種很強烈的直覺，她已經知道雨夫人的目的了。

「鶴先生，我想再請問一件事，你聽過佳元村這個地方嗎？」怡潔問道。

「沒什麼印象……它是一個村莊的名字嗎？」

「是的，可以說雨夫人就是從那裡來的，雖然現在已經廢村了，但它曾以製傘技術聞名全國。」

「等一下，製傘，指的是製作雨傘嗎？」

跟阿公有關的記憶在仁青腦中全部甦醒過來，他記得父親說過，阿公年輕時在老家是很厲害的製傘師傅。

「我不太確定，但我阿公搞不好跟這件事有關係……」

仁青把阿公曾經是製傘師傅，以及關於下雨的禁忌都說了出來，其中包括最關鍵的部分：仁青年幼時就從阿公口中聽過雨夫人的存在，只是他從來不知道那是什麼。

聽完仁青對阿公的回憶後，怡潔更加肯定自己的直覺，真相已經呼之欲出了。

「請問你還記得阿公的名字嗎？」

「我記得，等一下喔。」

仁青先把阿公的名字輸入在手機上，再把螢幕轉過來給兩人看。

看到那名字的瞬間，怡潔跟魏華都知道，他們終於找到跟殺害雨夫人的凶手有關的人了。

手機上寫著「鶴原銘」三個字，看來林元明離開佳元村後，雖然改名換姓，但他沒有完全放棄本名，而是用同音的字作為新名字，如果仁青的阿公就是林元明，那雨夫人帶走羽希的動機就很明確了。

「鶴先生，我想雨夫人的目標不是羽希，而是你。」怡潔說。

「我？」仁青驚訝地指著自己。

「你不是想知道我妹妹是怎麼得救的嗎？我會全部告訴你的。」

這正是雨夫人希望的，藉由怡潔的傳達，讓仁青知道他的血脈必須承擔的罪孽。

9

「對不起……我可以到外面獨處一下嗎？」

聽怡潔說完五年前發生的事情，以及跟雨夫人相關的所有細節後，仁青提出了這個要求。

怡潔朝門口做了一個「請」的手勢，仁青像是早就坐不住，直接起身走出咖啡廳，站在人行道上大口呼吸新鮮空氣。剛才聽怡潔講述回憶的過程中，仁青感覺自己的腦袋就像沙子般在腦內溶解，完全無法思考。

什麼名為雨夫人的妖怪，阿公原來是殺害她的凶手，雨夫人不停殺人就是為了對凶手復仇，血債血還……太多不可思議的訊息在短時間內湧入仁青的腦袋，仁青覺得原本熟悉的世界在一瞬間被推翻了，原來他是殺人凶手的孫子，是他身上背負的原罪害羽希被抓走的。真的要相信這種說法嗎？能相信嗎？

仁青用雙手緊揪住頭髮，心裡陷入掙扎。

留在座位上的怡潔跟魏華能透過落地窗玻璃清楚看到仁青痛苦的樣子，這段過程他們兩個也經歷過，當親人身陷險境時，就會懷疑自己是不是在作夢，多希望往自己臉上打一巴掌，就能回到安穩的現實……

魏華不忍再看下去，於是轉頭對怡潔說：「不管他能不能冷靜下來，至少我們搞清楚幾件事情了，林元明搬離佳元村後，一定有輾轉聽到雨夫人的傳聞，所以他才會這麼害怕下雨，因為他知道雨夫人要找的是他。」

「自己殺了人，卻一直躲著不敢面對，才會害這麼多人白白送命……」怡潔很好奇，要是林元明知道自己的罪行會害到孫女，他還會選擇逃避嗎？可惜已經無法知道答案了。

魏華繼續說：「還有雨夫人第一次在羽球館現身的時候，她原本要帶走另一個小孩，卻在看到羽希後突然離開，應該是因為她發現羽希就是林元明孫女的關係，不知道她是如何感應到的？難道她能嗅出血緣的味道嗎？」

「可能吧，或許她被殺害的時候，凶手的味道就已經烙印在她的怨念裡了。」

怡潔持續看著窗外，仁青看起來已經恢復鎮定，正要走回咖啡廳裡。

坐回位置上後，仁青喝了一大口早已冷掉的咖啡來提神，劈頭第一句話就問：「我們什麼時候出發？」

「出發去哪裡？」魏華問。

「佳元村，我女兒就在那裡不是嗎？」仁青看向怡潔，咬牙說：「妳剛剛說過，五年前妳就是在那裡救出妳妹妹的，代表我也可以在那裡找到我女兒，是這樣沒錯吧？」

「是這樣沒錯，但我們不能貿然前去。」

「為什麼不行？她要的是我才對！」仁青將右手抬起來，並緩緩伸出食指，重現雨夫人在消失前對他做的最後一個動作。「她的這個動作不就證明了嗎？她真正的目標是我，只要讓我去跟小希交換就好了，只要能救小希，不管付出什麼代價我都無所謂，雨夫人要報仇，找我就好了！」

仁青的情緒越來越激動，失控的音量也引起其他顧客的注意，怡潔好不容易才把仁青安撫下來，魏華則是站起來跟其他顧客致歉。

氣氛穩定下來後，怡潔說：「鶴先生，我們一定會幫你救出羽希，但我們不會讓你直接去送死，不能讓雨夫人就這麼得逞。」

「不能讓雨夫人奪走你的性命，她殺的人已經夠多了。」魏華說：「我們需要一個完善的計畫才能出發，不然你只是去白白送命而已。」

兩人說的話在仁青腦中擦出火花，仁青突然理解怡潔他們的想法了，眼前的這兩人完全站在跟自己不同的立場。

「我知道你們在想什麼了。」仁青用手指著怡潔，然後再慢慢將指尖移到魏華身上，一邊說道：「雨夫人殺了你的朋友，然後殺了你的妻子……你們跟雨夫人一模一樣，滿腦子只想著報仇，根本不想救我女兒。」

糟糕，怡潔在心裡哀號一聲，偏激的想法一旦出現，就很難再取得對方的信任了。

「我們的首要目標是救出羽希，這點無論如何請你相信我們！」這是怡潔誠摯的心聲，她直視著仁青的雙眼，試著用眼神說服他。

仁青避開怡潔的視線，向魏華問道：「你說需要計畫才能出發……好，那我問你們，你們打算怎麼對付雨夫人？有什麼武器可以對抗她嗎？」

「雨夫人存在著弱點，這點無庸置疑，我們相信她的弱點就是跟她有關的遺留物。」魏華說道。

五年前，當子曜搶走雨夫人的頭骨跑走時，雨夫人馬上拋下芯潔跟怡潔，以飛快的速度朝子曜追去。雨夫人會這麼著急一定有原因，或許只要拿到她的頭骨或其他遺物，就能徹底摧毀她。

問題是，雨夫人的頭骨已經回到她手上，至於雨夫人的骨灰跟那把陪葬的紙傘，沒意外應該就埋在佳元村的墓園裡，但雨夫人的真實姓名仍是個謎，根本不知道哪個才是雨夫人的墳墓，總不可能把每個墳墓都挖開來確認吧？

聽完魏華的解釋後，仁青哼了一聲說：「這就是你們的計畫？說穿了就只是個空想而已。」

「但我們跟你一樣，都把羽希的安全擺在第一，也請你為了羽希多想一下，不要輕率踏入雨夫人的陷阱。」怡潔再次跟仁青的雙眼對上。

其實仁青剛才就被怡潔誠摯的眼神說服了，只是他的情緒需要宣洩，所以才對魏華說了那些話。

「你們明天來我家一趟吧。」仁青說：「我要先回家把這些事情告訴我老婆，我會跟她一起討論該怎麼做，明天再把結果告訴你們，這樣可以嗎？」

「當然可以，你們是羽希的父母，決定權在你們手上。」

怡潔鬆了一口氣，仁青的回應是善意的，雙方的信任關係依然存在。

*****

回到家後，仁青從車上下來的第一件事，就是先抬頭看二樓的窗戶。

顏苓房間的窗戶關著，窗簾也被拉上，裡面沒半點燈光，但車子還停在門口，代表她沒有出門。

仁青很擔心顏苓的情況，因為她昨天把自己鎖在房間裡後，就再也沒有出來過了。

今天出門前，仁青還特地敲了敲顏苓的房門，並說：「我要出去跟人碰面，他們可能有小希的消息，妳要不要一起來？」

顏苓沒有回應，仁青只能透過門板聽到她的哭聲。

看來羽希的失蹤對顏苓造成的打擊比想像中還嚴重，但對仁青來說又何嘗不是？在這個一家三口的小家庭裡，仁青跟顏苓擔任著經濟支柱的角色，而他們的動力就是羽希，羽希的出生拯救了兩人乏味的婚姻，可以說家裡的一切都圍繞著羽希在運作，要是羽希無法回來，這個家庭剩下的兩人也會失去存在的意義。

仁青很清楚這個道理，不管怎樣他都不能倒下，一定要把羽希帶回來，這是他身為父親的責任。

天空中仍下著小雨，仁青已經沒有心情撐傘，他淋著小雨走進家裡，拖著濕重的腳步來到顏苓的房間門口。

「顏苓，我回來了。」仁青輕輕敲了一下門，說：「開一下門好嗎？我有很重要的事情要跟妳講，是關於小希的。」

唰、唰、唰，房間裡似乎傳來什麼聲音，仁青本來以為顏苓還在哭泣，但那明顯不是人類的哭聲，而且還有點耳熟。

仁青將耳朵貼到門板上，讓門後的聲音能更清楚地傳進耳裡。

唰、唰、唰，那是大雨傾盆而下的聲音，聲音格外清晰跟震撼，並非手機或電腦喇叭發出的聲音，而是真實的雨聲，彷彿房裡真的在下雨。

「顏苓？妳說話啊！」

仁青又用力敲了幾下門，但門後回應他的仍只有雨聲。

「該死……妳等我一下！」

仁青衝下樓，很快在櫃子裡找到房間的備用鑰匙。

仁青本來是不想用到備用鑰匙的，因為他知道顏苓需要一個人獨處，但現在管不了這麼多了。

跑回二樓後，仁青將鑰匙插進鎖孔，喀嚓一聲將門打開。

奇幻靈異的一幕出現在仁青眼前。

房間裡確實在下雨，雨勢彷彿直接穿透屋頂跟天花板，直接打進房內。

但那又不是真正的雨，因為仁青沒有聞到雨水的味道，走進房裡也沒有被雨水淋濕的感覺。

顏苓在下著雨的房間中央，背對仁青而站。

她將雙手握拳倚靠在右肩前方，動作看起來像在撐傘一樣。

仁青知道現在眼前的人不是顏苓，顏苓的精神狀況很糟糕，不管被什麼附身都不奇怪。

仁青全身都在顫抖，連聲音也不例外：「……放過她，妳要的是我吧？」

顏苓不作聲，只是緩緩轉過頭來。

出現在仁青眼前的不是顏苓的臉龐，而是雨夫人殘忍的美豔臉孔。

10

「這是我看了好久的影片才做出來的成品，姊妳是第一個吃到的，要趁熱吃喔！」

芯潔左右手各端著一個餐盤從廚房走出來，盤子還沒端到桌上，怡潔的鼻子就聞到了誘人的香味，不只有牛排的味道，還有麵包的香酥氣味，讓她開始期待芯潔今天準備的晚餐。

餐點正式上桌後，怡潔不敢相信自己的眼睛，因為盤子裡裝的竟然是威靈頓牛排。怡潔之前只在電視上看過這道料理，沒想到第一次吃到竟然是出自芯潔之手，先不說味道如何，至少外觀上有還原到八成。

芯潔在五年前還是個連泡麵都會煮爛的廚藝白痴，現在竟然能做出威靈頓牛排，看來讓芯潔長時間待在家裡工作也是有好處的。

「好了，妳先吃吃看！」芯潔坐在怡潔對面，一臉期盼地等著怡潔的心得。

怡潔小心翼翼切下一塊牛排，跟酥皮一起送入口中細細咀嚼，芯潔似乎在料理過程中加了許多獨特的調味料，從未感受過的美味從味蕾上爆發出來，讓怡潔豎起大拇指說：「太好吃了，根本可以拿去戈登拉姆齊的餐廳賣了！」

聽到自己的料理被稱讚，芯潔開心地笑了出來：「如果姊妳願意贊助材料費的話，我以後可以天天做喔。」

「每天都吃威靈頓牛排？那可不能讓爸媽知道喔，他們一定會嫉妒死的……」

一陣手機鈴聲突然打斷了姊妹間的對話，響的是怡潔的手機。

怡潔看了一下來電號碼，是魏華打來的。

「我講一下電話，妳先吃。」怡潔走到離餐廳遠一點的陽台，確保對話不會被芯潔聽到後才接起電話。

一接起電話，魏華就開口問道：「妳現在有空嗎？我們必須去仁青家一趟。」

「我們不是跟他約明天嗎？」

「他太太打給我，好像出事了，我們先過去再說。」

怡潔轉頭看向餐廳，剛好跟芯潔對上眼神，芯潔完全沒有動桌上的威靈頓牛排，而是擔心地看著怡潔，彷彿她知道這不是一通普通的電話。

「我馬上過去。」

怡潔掛掉電話後，直接走到玄關披上外套，並對芯潔說：「我有事要出去一趟。」

「是工作的事嗎？」

怡潔簡單「嗯」了一聲，穿上鞋子就要出門。

「姊！」怡潔剛把門打開，芯潔又從背後叫住了她：「小心一點，我等妳回來。」

芯潔的語氣特別沉重，彷彿她早就知道怡潔跟雨夫人之間還有恩怨要解決。

怡潔先是愣了一下，但她很快轉過頭，指著桌上的威靈頓牛排承諾道：「我會回來的，牛排幫我留著，不要全部吃光喔。」

******

怡潔很快趕到仁青家門口跟魏華會合，兩人沒有多餘的對話，簡單交換過眼神後，魏華按下了仁青家的門鈴。

來應門的是顏苓，跟上次在羽球館見面時比起來，現在的她明顯削瘦不少，臉色也跟白紙一樣蒼白，看似隨時會昏倒。

顏苓將身體撐在門上，用虛弱的氣音說：「你們來了……」

眼看顏苓的身體即將從門上滑落，怡潔跟魏華趕緊向前扶住她，兩人合力把她扶到客廳坐下，魏華問：「顏小姐，妳先生呢？」

「我不知道他在哪裡，但他說你們會知道，所以我才打給你……」

顏苓斷斷續續說出她聯絡魏華的原因。

從昨天晚上開始，顏苓就把自己鎖在房間裡，她哭累了就睡，就算睡醒了也會強迫自己再進入夢鄉，因為她只想逃避羽希失蹤的現實。她希望這一切只是惡夢，並盼望著等她下次睡醒的時候，羽希就已經回家了。

半夢半醒中，顏苓聽到了雨聲，房間裡似乎在下雨。

顏苓睜開眼睛，竟看到雨水穿透天花板直接打在房裡，但她卻沒有被淋濕的感覺。

同時，天花板上還有一把撐開的紙傘飄浮在空中。

躺在床上的顏苓還沒反應過來，紙傘突然朝顏苓的臉部墜下，顏苓的視線很快被傘面覆蓋，什麼也看不到，意識也被黑暗覆蓋，什麼都感覺不到。

在一片黑暗中，顏苓能感覺到仁青來找她，但顏苓當下感受到的情緒卻是滿滿的憎恨。她想殺死仁青，但不是在這裡，而是要到一個特殊的地方才能殺死他，讓他血債血還……

顏苓不知道自己為何會有這樣的情緒，雖然她偶爾會跟仁青吵架，但還不到仇恨的地步，像是有第三者在刻意傳達這樣的恨意。

當顏苓醒來時，房間裡的雨勢以及那把紙傘都消失了，顏苓甚至無法確定那些畫面是不是她的幻覺。

可以確定的是，仁青確實進過房間，因為房間的門是開的，備用鑰匙還插在門上。

顏苓在床頭櫃上找到仁青留下的紙條，旁邊還壓著魏華的名片。

紙條上寫著：「我去換小希回來，打給這位記者，他知道該去哪裡找我跟小希。」

******

「糟糕了……」

聽完顏苓的描述，魏華跟怡潔都知道發生了什麼事，仁青一定是去佳元村了。雨夫人很可能附在顏苓身上跟仁青談了交換條件，只要他獨自一人去佳元村，雨夫人就會放過羽希。

仁青會留下這張紙條，是希望魏華他們能去善後，把羽希帶下山。

「沒有時間能浪費了，我們必須馬上出發去佳元村。」魏華拿出車鑰匙朝怡潔撇頭，示意現在就要動身，或許能在悲劇發生前追上仁青。

「等一下……佳元村是什麼地方？小希也在那裡嗎？」

顏苓抬頭望著兩人，無助的樣子讓怡潔十分不捨，於是她向魏華提議道：「我們帶她一起去吧，她是羽希的母親，有權知道一切。」

魏華沒有多說，直接點頭同意了。

怡潔伸手把顏苓從沙發上扶起來，說：「顏小姐，妳先去換一套外出服，我們會在車上把一切都告訴妳。」

等顏苓換好衣服，三人坐上魏華的車朝佳元村出發後，怡潔先把雨夫人的事情告訴顏苓，接著又打電話給朱康尋求協助。

朱康仍然在佳元村的鄰村任職，只不過五年前還是員警的他，現在已經榮升為所長。

怡潔跟朱康約好在佳元村的入口碰面，現在必須爭取每一秒的時間，就算雨夫人跟仁青提出交換條件，但一個殺人鬼的承諾又怎麼能信呢？

11

儘管天空下著小雨，雨幕卻遮擋不了山區的美麗星空，水氣也讓空氣更加清新。不過仁青沒有心情享受這一切，因為這不是一趟觀光之旅，而是凶多吉少的換命之旅。

仁青開車來到佳元村的道路入口時，時間已接近午夜，這是仁青第一次來到佳元村，但他根本看不到村莊的模樣，整個佳元村完全隱沒在黑暗中，道路前方只有無止盡的黑。

下車後，仁青對著黑暗大喊道：「我來了！我女兒在哪裡？」

這是雨夫人向他提出的條件，只要他到佳元村，她就會放過羽希，一命換一命。

黑暗中沒有回覆，但眼睛逐漸適應黑暗的仁青發現，似乎有人站在前方不遠處的路邊，是雨夫人嗎？

仁青從車上取出手電筒，筆直地將燈光照到對方身上。

那不是雨夫人，而是一名陌生的年輕男子。

男子面無表情，全身從頭髮到鞋子都是濕的，還帶著點泥濘，彷彿他上一秒泡在水裡，剛剛才從水窪裡爬出來。

仁青知道對方不是活人，當他把手電筒的燈光照到對方臉上時，男子慘白的臉色跟混濁的瞳孔已說明了一切。

儘管不知道對方現身的動機，但為了羽希，仁青還是開口問道：「請問……」

仁青還沒說完，男子的右手突然舉了起來，指向一旁的山坡。

仁青被男子突然的動作嚇了一跳，但他很快冷靜下來問：「……是要我往那邊走嗎？」

男子沒有回應，他像雕像般一動也不動，維持著指向山坡的動作。

待在原地只會浪費時間，仁青決定按照男子指的方向，先過去一探究竟。

仁青剛走到山坡邊，山坡上又出現了另一個人，這次是一名年輕女子。

女子伸手指著樹林深處，示意仁青繼續前進，她的特徵跟剛才那名男子一樣，全身濕、臉色跟瞳孔都是慘白的。

仁青按照女子指的方向繼續前進，每前進一段距離，就會又出現一個人來幫仁青指路，這些人男女老少都有，而他們的特徵都是一樣的，每個人都像是剛從水裡爬出來般，身上傳來陰冷的潮濕氣息，若跟他們對到視線，感受到的也只有死亡。

這些人應該都是死於雨夫人手下的犧牲者吧？仁青心想。是雨夫人指使他們現身的嗎？又或是他們想幫助仁青找到羽希，才選擇主動現身的呢？

仁青不知道答案，現在的他只能繼續前進。

*****

「前面有燈光，好像是警車！」快抵達佳元村時，開車的魏華突然喊道。

怡潔跟顏苓看向前方，果然看到警用的藍紅色閃光在前方閃爍著，還有一個警察拿著手電筒在旁揮舞，像是要指揮魏華把車停下。

魏華還沒把車停好，怡潔就焦急地衝下車，跑到對方面前問：「找到人了嗎？」

攔車的警察不是別人，正是朱康。

「我有派幾位同仁去佳元村裡找了，但目前還沒有發現。」朱康看著陸續下車的魏華跟顏苓說：「前面還有一輛車，你們最好看一下是不是他的。」

三人繞到前面一看，果然有一輛車停在警車前面，顏苓一眼就認出那是仁青的車。

「我發現這輛車的時候，引擎就沒什麼溫度了，看來他已經離開一段時間。」朱康說。

魏華看著隱身在黑暗中的佳元村，問：「如果他沒去村裡，那會去哪裡？」

「還能去哪裡？對雨夫人來說，最佳的復仇地點只有一個，就是她當年被林元明殺害的地方。」怡潔說。

五年前的畫面再次浮現在怡潔眼前，當時她在那裡救出芯潔，卻失去了子曜。

如果可以選擇，怡潔真的不想再回到那裡，但現在為了仁青跟羽希，她必須回去阻止悲劇重演。

*****

仁青不知道自己究竟在樹林裡走了多久，也不知道目前的位置離主道路有多遠，就算救援的人來了，他們能順利找到他跟羽希嗎？

不過對仁青來說，這並不是該優先煩惱的事，因為他已經來到終點了。

現在站在他眼前的不是指路的死者，而是雨夫人。

雨夫人撐著紙傘站在兩棵樹中間，羽希就在傘下，跟雨夫人站在一起。

羽希全身都淋濕了，身體因為雨水跟低溫不斷發抖，極度恐懼的情緒從睜大到極限的雙眼中流露出來，儘管仁青的出現讓羽希眼中出現一絲亮光，但很快就黯淡消逝，只要雨夫人還在旁邊，就代表危險依然存在，她可能仍透過某種力量在控制羽希。

考量到羽希的安全，仁青也不敢隨便靠近雨夫人，而是停留在約十公尺之外的距離。

「我來了。」

仁青抹去臉上的雨水，是錯覺嗎？雨似乎在瞬間變大了。

「我們講好的，妳要的是我，放我女兒走。」

不能怕，不要怕，仁青直視著雨夫人的臉。

此刻在雨夫人的美豔臉孔上，哀傷的淒美感已蕩然無存，現在從她扭曲的嘴角及發紅的眼神中散發出來的，只有復仇的殺意。

雨夫人低頭看著羽希，然後輕輕點了一下頭，像是在對羽希說：「去吧。」

羽希突然從恐懼變成錯愕，雨夫人似乎撤去了控制羽希的力量，讓她能夠自由活動。

「爸爸！」羽希抬起腳步朝仁青跑去。

仁青也想往前跑去抱住羽希，但他發現自己竟然無法將雙腳抬離地面，低頭一看，腳邊的泥土就像有生命般，將他的鞋子及雙腳緊緊包覆住。

羽希在跑到離仁青只剩幾步距離時停了下來，她的雙腳也被混雜了雨水的泥土困住，無法再前進一步。

仁青往前伸出手想抓住羽希，明明兩人的距離只剩下那麼一點點，卻怎麼樣也碰觸不到對方。

打在仁青身上的雨水越來越沉重，每滴雨水的重量都在把他的身體往地面拉，仁青最後只能整個人趴在地上。他努力想爬到羽希身邊，但泥土就像黏鼠板把他牢牢黏住，仁青連一根手指也無法抬起。

雨水逐漸在仁青身邊匯聚，形成一個小水窪，仁青有半張臉都泡在水裡。

被困在原地的羽希不斷哭喊叫著仁青，仁青卻只能用眼角餘光看著女兒，因為雨水已遮擋住他的視線，同時透過口鼻侵入他的體內，剝奪肺部能夠呼吸的空間。

好痛苦……之前的受害者都是這樣死去的嗎？

死亡就近在眼前，但仁青已做好赴死的覺悟，如果犧牲自己能救回羽希，並阻止雨夫人繼續殺害無辜的人，那他這條命就值得了。

剛才一路上幫仁青指路的死者們，現在又一一浮現在仁青眼前，仁青希望自己就是最後一個受害者，一切到此為止……

在一片模糊的視線中，仁青看到雨夫人的身影緩緩走近，最後停在他前方蹲了下來。

「妳會放過小希吧？求求妳……」

就算喉嚨已經被水嗆到無法呼吸，仁青還是擠出肺部僅剩的空間，努力地說：「至少告訴我妳的名字……讓我知道，我是為了誰而贖罪……」

雨夫人臉上露出一抹邪笑，那是在殺了這麼多人後，終於爽快復仇的笑意。

雨夫人低下頭將嘴巴湊到仁青的耳邊，對她來說，仁青的死亡已成定局，她不需要再顧慮什麼。

一股致命的麻痺感直逼仁青的心臟，同時，他聽到了雨夫人說出的名字。

緊接著傳來的，是一聲震撼樹林的巨響。

這聲巨響彷彿帶有神祕的力量，讓仁青即將停止的心臟勉強能微弱跳動著。

是槍聲？

仁青試著轉動頭部，他發現身體已經脫離水窪的束縛，可以轉動頸部了。他看到四個人從樹林中跑出來，其中一個人好像拿著槍，剛才開槍的就是這人嗎？

還來不及看清楚對方的長相，仁青就失去了意識。

「爸爸！」

仁青的身體被轉了過來，是羽希，她也脫離了雨水的控制。

「小希！仁青！」

顏芩是四個人之中跑最快的，她飛速來到羽希身邊將她抱在懷裡。

「顏小姐，妳讓開一下！」

第二個趕到的是魏華，他很快查看仁青的狀況，並開始幫仁青做心肺復甦術，協助他把水排出體內。

朱康則是持槍警戒著四周，他疑惑地說：「剛剛那槍明明打到她了，人怎麼不見了？」

「子彈傷不了她的，她應該只是第一次聽到槍聲，暫時被嚇走而已。」怡潔蹲在魏華旁邊幫忙，同時用手機叫救護車。

魏華整套急救的程序熟練快速，明顯接受過訓練，怡潔在旁陪伴著顏苓跟羽希，怡潔跟她們一樣都不想失去仁青，因為子曜當時就是在這裡跟怡潔分開的，怡潔不想再看到有人死去了。

在魏華的努力下，仁青吐出了好幾口水，心跳跟呼吸也暫時穩定下來，但意識還沒恢復。

「我只能做到這樣，讓他休息一下，等醫護人員來處理吧。」

魏華站起來退開，把空間留給他們一家人。

「爸爸，你能聽到我的聲音嗎？」羽希跟顏苓一起緊握住仁青的手。

「我……問……」仁青的嘴唇半閉著，但還是能聽到他輕聲講了一句話。

顏苓將耳朵湊到仁青嘴邊，柔聲問：「你剛剛說什麼？」

仁青緩緩張開嘴唇，將那句話又重複了一遍：「我知道了……雨夫人……她的名字是……」

「怎麼樣？他說了什麼？」怡潔問。

顏苓抬起頭來，溫柔輕撫著仁青的額頭。

「他說，他知道雨夫人的名字了。」

12

怡潔回到家時，客廳跟餐廳的燈都還亮著。

「妳回來了。」芯潔坐在餐廳裡，餐桌上的威靈頓牛排完全沒被動過，就跟怡潔出門前一模一樣。

怡潔看了一下時鐘，凌晨四點，離她出門已經過了六個多小時，芯潔這六個小時都在等她回家嗎？

芯潔從餐桌旁站起來，緩步走到怡潔面前。

「結束了嗎？」芯潔問。

怡潔輕輕點了個頭，說：「結束了，都結束了。」

「嗯。」芯潔突然往前一步，跟怡潔相擁而抱。

姊妹間不需要太多言語就能知道對方的想法，或許芯潔從一開始就知道怡潔在計劃什麼。就算知道有風險，芯潔也沒有阻止姊姊，因為她知道就算勸阻也沒用，她只能默默祈禱，希望怡潔能平安回家。

「妳全身都淋濕了，先去洗澡換個衣服吧，我把牛排熱一下，等等一起吃。」

芯潔轉身走向餐桌，準備把威靈頓牛排拿去加熱。

怡潔看著芯潔的背影，內心深處嘆了一口氣。

她沒有對芯潔說實話。

整件事情還沒結束。他們還差一步，最重要的也是最後一步……

*****

雨夫人在最後一刻把她的名字告訴仁青了，這成為怡潔一行人手中最大的武器。

救護車上山把仁青送到醫院後，顏苓跟羽希也陪仁青一起到醫院，但怡潔跟魏華並不急著下山，他們知道雨夫人只是暫時逃走，若不趁現在找到打敗她的方法，她很快就會繼續殺人。

朱康帶兩人來到佳元村的廢棄神社，神社後方就是佳元村的墓園，怡潔第一次來這裡的時候，她跟子曜都不知道雨夫人的名字，所以找不到她的墳墓，但現在情況不一樣了。

「好，我們分開來找吧。」

朱康把警用手電筒分配給怡潔跟魏華，三人在墓園裡散開，他們檢查著一個又一個的墓碑，在上面找尋雨夫人的名字。

因為墓園長時間廢棄的關係，大部分墓碑都被苔癬跟泥土覆蓋，必須用石頭刮掉後才能看到墓碑上刻的字。

「對不起，打擾了。」每刮一個墓碑，怡潔都會小聲地跟死者道歉。

這不是一件簡單的事，檢查過五個墓碑後，怡潔的手就多了不少擦傷，皮膚也痛到發紅，加上雨還沒停，怡潔全身又冷又累，但為了結束這一切，她只能咬牙堅持。

還好，魏華那邊很快有了發現：「喂！這裡，我找到了！」

朱康跟怡潔迅速跑到魏華所在的位置，只見墓碑上的泥土和苔癬已被魏華刮得乾乾淨淨，雨夫人的名字就刻在上面。

「就是這裡了，她的遺骨，還有那把紙傘就埋在下面……」魏華抹去臉上沾到的泥土，並用腳踢了一下墓碑底部，說：「看起來埋得很堅固，光靠我們三個人可能挖不開。」

打敗雨夫人的關鍵就埋在下面，絕不能半途而廢，怡潔轉向朱康問：「大所長，你有什麼辦法嗎？」

朱康早就料到會有這個問題，馬上回答：「我好歹在這裡這麼多年了，多少有些人脈，我會回鄰村找幾個工人來挖，只要有錢，他們是不會多說什麼的。」

「錢的事情好辦，交給我處理。」魏華點頭說。

朱康繼續說：「我們鄰村還有一間廟，我跟廟裡的法師很熟，我也會找他來幫忙監工，等挖開後，再看他有沒有方法能摧毀雨夫人，只不過現在時間很晚了，我等天一亮就聯絡他們，你們今晚要來派出所過夜嗎？」

「啊，糟了……」怡潔想起芯潔還在家裡等她。「我必須回家一趟，明天早上再過來吧。」

魏華說他打算去醫院陪仁青一家人，雨夫人還是有可能會找上他們，保險一點比較好。

不過在去醫院前，魏華說他可以先載怡潔回家，等早上再一起來墓園跟朱康會合，把這最後一步路走完。

*****

離魏華來接怡潔還有兩個小時，怡潔完全沒有睡意，卻又不知道做什麼才好，只好坐在客廳裡直盯著電視螢幕，讓電視裡喧譁的聲音陪自己度過這段時間。

芯潔已經收拾好餐廳回房睡覺，這樣最好，怡潔不想讓她知道自己今天還要回去佳元村。

魏華開車到怡潔家的時候同樣是一臉憔悴，看來他在醫院裡也沒睡好。

坐上車後，怡潔擔心地問：「你還好吧？要不要跟你輪流開？」

「妳的樣子比我更慘，妳應該都沒睡吧？」魏華一語道破，他順手打開置物櫃，裡面有好幾罐咖啡跟提神飲料，看得出來他有備而來。

怡潔淺淺一笑，又問：「仁青他情況怎麼樣？」

「穩定很多了，不過醫生說還是要觀察一天，最快晚上可以出院。」

「雨夫人沒去找他們吧？」

「我在醫院沒察覺到異樣，應該沒事。」魏華握住方向盤，說：「我們今天把事情解決掉，他們一家就安全了。」

「嗯，」怡潔大力點了一下頭。「出發吧，希望這是我們最後一次去佳元村。」

*****

山上的雨勢從昨晚延續到現在，怡潔跟魏華來到墓園的時候，朱康已經帶著工人開挖了。

「你們來啦，抱歉，我們提早開工了。」

朱康在墓園裡撐開一把大陽傘，他招呼兩人來到陽傘下方躲雨，現場除了有兩名工人在挖掘外，陽傘下還有一名身穿灰色道袍的中年男子，他應該就是朱康村莊廟宇裡的法師了。

朱康向兩人介紹道：「這位是蔡師父，我已經把所有事情都告訴他了，他也很樂意幫忙。」

蔡師父先後跟怡潔及魏華握手，並說：「你們放心，等東西挖出來後，我一定會妥善處置，不會讓那隻惡鬼再次作亂。」

朱康在一旁補充道：「蔡師父已經在附近設下結界，就算雨夫人想來干擾我們，也要先過蔡師父這一關，不用擔心！」

怡潔剛跟蔡師父握完手，就聽到工人的喊叫聲：「挖出來了！這裡！」

眾人頂著雨勢聚集到墳邊，兩名工人接力把挖到的東西放到地上，先是一個沾滿泥土、約一個成年人腰部寬度的黑色骨灰罈，裡面裝的應該就是雨夫人火化後的遺骨。

工人們第二個拿上來的，是一個用黑色布條捆住的長條物體，一看到那形狀，怡潔就知道裡面包的是什麼了。

兩樣物體被並排放在地上，蔡師父小心翼翼地掀開黑色布條，把包裹在裡面的東西拿了出來。

就跟怡潔想的一樣，是那把畫著雨夫人的紙傘。

就算已埋在地下將近百年，紙傘的保存狀態依然完美，當蔡師父把傘撐開來時，傘面打開的動作如流水般順暢，看得出來製傘師傅的技術之精巧。

傘面上有著雨夫人的浮世繪風格畫像，保養用的蠟讓雨夫人的畫像在雨下隱約發著光，光是看著就能感受到妖異不祥之氣。

蔡師父將傘拿在手上反覆端詳，接著啪一聲將傘收起來，並用黑布重新包裹好。

「原來是這樣，難怪呀，難怪……」蔡師父嘆了一口長氣，似乎已經有所發現。

「師父，怎麼樣？」朱康問。

「照你們所說，凶手是因為愧疚才製作出這把紙傘，並把它跟死者放在一起陪葬的，但這樣卻造成了反效果。」蔡師父沉著臉說：「凶手的東西竟然跟自己葬在一起，這只會加深她的怨氣，讓她越恨越強大，紙傘變成她的力量來源跟復仇利器，所以她每次現身都會透過紙傘，這也是她跟凶手以及受害者之間的連結。」

留有凶手氣味的紙傘就在自己的遺骨旁邊，難怪雨夫人第一眼看到羽希就發現她是凶手的孫女，因為那味道她死也忘不掉。

「我會把紙傘跟遺骨帶回廟裡安置，並盡一切力量封印她，讓她不再出來害人，你們可以儘管放心。」

蔡師父指示兩名工人把東西搬到他的車上，看著車門關上，怡潔跟魏華總算有了踏實的感覺。

＊＊＊＊＊

坐魏華的車下山前，怡潔打了通電話給仁青，把這裡的情況告訴他。

「那位師父會幫我們處理好，你可以放心了。」怡潔問道：「你身體好點了嗎？」

「好很多了，醫生說會讓我在下午提早出院。」電話那頭的仁青感激地說：「真的很謝謝你們……啊，我太太想問你們什麼時候有空，她想邀請你們來家裡吃頓飯，請兩位一定要來，畢竟是你們救了我。」

「我再問一下魏華，你現在還是先好好陪伴家人吧。」怡潔笑著說完後，結束了通話。

「要出發了嗎？」魏華已經在駕駛座上等怡潔了。

「嗯，來了。」

怡潔伸手打開車門，就在她側身準備上車時，一個熟悉的身影突然從路邊的樹林中鑽入她的眼角餘光。

怡潔停下上車的動作，不可置信地看著旁邊的樹林。

她不敢相信自己的眼睛，因為站在樹林裡跟她面對面的，竟然是子曜。

子曜的樣子還停留在五年前的那一天，頭髮跟衣服都是濕的，全身沒有任何血色。

「……子曜？」怡潔脫口而出。

子曜沒有回話，只是舉起雙手，在空中畫了兩個圖案。

那是一個明顯的圓形，以及一個長方形。

比完兩個圖案後，子曜放下雙手，張開嘴唇講了幾個字。

怡潔聽不到子曜的聲音，但她能從子曜的嘴形感受到他想傳達的意思。

「還、沒、結、束。」子曜說。

這一瞬間，怡潔理解了那兩個圖案的意義。

從靈魂深處竄出的恐懼包裹住怡潔全身，圓形、長方形……代表雨夫人的頭骨，以及林元明的木牌身分證。

只要這兩樣東西還在雨夫人手上，就算蔡師父封印了遺骨跟紙傘，雨夫人還是擁有力量的……

怡潔剛掛斷的手機又響了起來，是訊息的通知聲。

轉頭一看，子曜的身影已經從樹林裡消失。

車上的魏華也察覺到不對勁，問道：「怡潔，怎麼了嗎？」

怡潔打開手機，發現芯潔用ＬＩＮＥ傳來一則錄音訊息，但芯潔平常根本沒在用這個功能。

怡潔坐上車，努力壓抑快爆炸的心跳，把芯潔傳來的訊息在車上播放出來。

「姊……救……救命……」

手機內傳出芯潔顫抖害怕的聲音，彷彿她的生命正受到脅迫。

「那個女人……在家裡……她……她要我跟妳說，不要再礙事了……」

13

魏華載怡潔趕回家的路上，怡潔又打了好幾通電話給芯潔，但芯潔一直沒有接起電話。

把車子停在怡潔的公寓門口後，魏華解開安全帶作勢要下車，怡潔卻突然伸手將魏華的安全帶扣壓住，不讓他下車。

「怡潔，妳這是……」魏華疑惑地看著怡潔。

怡潔的手仍用力壓在魏華的安全扣上，她眼神堅定地說：「你留在車上就好。」

「妳知道我不可能讓妳一個人上去的。」

「三番兩次礙她事的人是我，雨夫人是針對我來的。」怡潔不打算讓步。「這是我跟她之間的恩怨，我自己解決。」

「這不只是妳的事，雨夫人也奪走了我的妻子，妳忘了嗎？」

「我記得很清楚，但現在芯潔在她手上。」怡潔說：「她要的是我，如果她看到你跟我一起上去，她可能會直接傷害芯潔。」

魏華思考了一下後，終於把手從安全帶上放開，說：「我不會一直在車上傻傻等，要是我發現任何不對勁，還是會衝上去找妳。」

「我知道，如果情況真的很危急，我也會用手機傳訊息給你，假如真的到了那一刻，我希望你能答應我一件事。」怡潔說：「不管怎樣，請你一定要救出芯潔，不用管我的死活，但一定要讓她平安無事。」

這是兩人都不希望見到的局面，但怡潔知道必須先幫魏華做好心理準備。

魏華用力點了點頭說：「我知道了。」

「拜託你了。」

怡潔走下車，深呼吸一口氣做好最後的準備，邁開步伐朝公寓走去。

*****

坐電梯上樓後，幾名認識的住戶在走道上跟怡潔擦肩而過，怡潔若無其事地跟對方打招呼，並目送他們走進電梯。

轉頭確認周遭沒有其他人後，怡潔才伸手在自己的家門上敲了兩下。

當然，怡潔是有帶鑰匙的，但她還是想藉由這個動作告訴芯潔跟雨夫人，她回來了。

「……姊，是妳嗎？」門後傳來芯潔因為害怕而發抖的聲音。

怡潔將鑰匙插入鎖孔，喀嚓一轉將門推開來。

眼前的畫面就跟上次回家時一模一樣，餐桌上擺著芯潔剛做好的餐點，芯潔也坐在餐桌旁等著怡潔回來。

但此時的芯潔就像是被人用槍口指著一樣，整個身體縮在椅子上不停發抖，臉上流著已經哭乾的淚痕，怡潔無法想像，在她趕回來的這段時間裡，雨夫人究竟對芯潔做了什麼？

「姊……妳……不要……」

芯潔試著站起來往門口移動，但發軟的雙腿讓她無法站立，她的身體剛離開椅子，整個人就往前趴倒在地上，沒有力氣再前進一步。

怡潔顧不得關門就直接衝進屋裡，她很快把芯潔扶起來並抱在懷裡，說：「我回來了……對不起，我不應該害妳被牽扯進來的……」

「姊，那邊……」被抱住的芯潔虛弱地拍著怡潔的背部，說：「雨夫人，她在那裡……」

芯潔的心跳隔著胸膛猛烈地傳達到怡潔身上，姊妹間的心跳因為恐懼而開始同步，連怡潔也無法控制，因為她現在也感受到身後傳來的陰冷殺意。

「快點……妳出去……」

芯潔又在怡潔背部拍了幾下，原來她一開始想說的是叫怡潔不要進來，這是雨夫人請君入甕的陷阱，但就算知道是陷阱，怡潔還是會選擇進屋，她不可能丟下妹妹不管。

怡潔先把芯潔從地上扶起來，然後才緩緩轉身，跟妹妹一起面向門口。

雨夫人就站在門外，血紅的雙眼直視著姊妹兩人，她撐傘的姿勢依然優雅，但原本美麗的臉孔因為殺意而變得醜陋，此時的她已不是紙傘上的美麗女子，而是古老繪卷上會出現的怪物。

讓怡潔訝異的是紙傘竟然還在雨夫人手上，這代表雨夫人的力量還沒被削弱，難道蔡師父還沒把紙傘處理好嗎？

怡潔的心跳加速，但她沒有讓恐懼佔領全身，她不想讓雨夫人知道她在害怕。

「看來妳改變目標了。」怡潔用冷靜的聲音說：「妳這次想先除掉我，再回去找那一家人吧？」

雨夫人臉上的邪笑變得更加醜陋，算是證實了怡潔的猜想。

「辦得到的話妳就試試看啊。」怡潔咬牙說。

雨夫人用震撼的聲響回應了怡潔的挑釁，那是門被大力關上的聲音，雨夫人把怡潔姊妹倆一起關在屋裡了。

「姊！下面！」芯潔突然大叫。

怡潔低頭一看，只見地板上有許多積水快速滲出來，不到兩秒鐘的時間，水就已經淹到兩人的腳踝處，而且還以可怕的速度繼續往上淹。

水一瞬間就淹到了怡潔的膝蓋，但不管是鞋子或褲子，怡潔都沒有被浸濕的感覺，她知道那不是真的水，而是雨夫人的拿手伎倆，利用真假難辨的幻象讓獵物心生恐懼，最後在崩潰中死去。

但就算知道腳底下的是幻象，水越淹越高的壓迫感對怡潔來說仍是真實的，芯潔更是緊緊抓住怡潔，喊叫道：「姊！這些水是……」

「快走！」怡潔二話不說，直接拉著芯潔往門口移動。

來到門口時，水已經淹到兩人的胸口，怡潔握住門把用力一轉，門把卻文風不動。

怡潔心裡一涼，看來雨夫人還在門外，她想藉由封住門口讓怡潔跟芯潔淹死在裡面。

屋內的水已淹到兩人脖頸處，驚恐的情緒讓芯潔快要崩潰了。「姊……」

「不要怕，房間裡沒有真的淹水，這些只是幻象，妳要……」怡潔說到一半，水已經淹過她的嘴巴，她的聲音頓時變得模糊。

怡潔本來以為自己已經做好準備，不會再被雨夫人的幻象影響，但一看到芯潔痛苦掙扎的臉孔，怡潔的氣管就像是被掐住般無法吸氣，身體也彷彿真的被冷水包裹住，體溫急速下降。

這一刻，怡潔知道了雨夫人之所以會來找芯潔的理由。

雨夫人知道，只要跟芯潔待在一起，怡潔就會為了保護妹妹而在心理上露出最脆弱的一面，讓她有機可乘。

水已淹過頭頂，芯潔的臉色開始發青，身體無力地癱倒在怡潔的懷裡。

怡潔閉氣拿出手機，還好手機顯示是正常的，怡潔馬上將設定好的快捷訊息傳給魏華。

再撐一下，很快就會有人來救我們了！

怡潔將芯潔緊抱在懷裡，要是能將體內剩餘的氧氣分出去就好了，但怡潔自己憋氣也到了極限，就算肺部再怎麼努力吸取空氣，吸進體內的卻只有冰冷跟死亡。

視線越來越模糊，怡潔甚至看不清楚眼前的芯潔，腦袋也逐漸麻痺。

在意識徹底消逝之前，怡潔只有一個意念，那就是不能死在這裡，不能讓子曜的犧牲變得毫無意義。

「子曜，對不起……」

怡潔看向房間角落，是瀕臨死亡所導致的幻覺嗎？怡潔隱約看到子曜站在那裡，他的身影越來越大，彷彿正在朝自己走來……

最後，怡潔看到子曜的手朝自己伸來。

*****

收到怡潔傳來的訊息後，一直在樓下守候的魏華馬上以跑百米的速度衝進公寓。

來到怡潔家所在的樓層時，魏華一眼就看到了目標，雨夫人像是早就知道魏華會來，大剌剌地站在走道上等他。

……沒有看到怡潔跟芯潔，她們在屋裡嗎？

魏華先跟雨夫人保持距離來觀察情況，雨夫人就站在怡潔家外面，而怡潔家的門口下方正不斷流出水來，彷彿屋內已經淹滿了水。

從屋內漫出的水累積到走廊上，魏華低頭一看，發現水已經淹到腳踝，但雙腳卻沒有被水泡濕的感覺，代表這些水只是雨夫人的幻象。

比起這個，魏華更擔心的是被關在屋內的怡潔她們。

魏華的聲音帶著殺氣，凶狠地對雨夫人質問道：「妳對她們做了什麼？」

雨夫人將臉從紙傘下抬起來面對魏華，她瘋狂扭曲的笑容證明了一件事，那就是她已經脫下淒美的被害者形象，轉化成徹頭徹尾的狂妄殺人鬼。

雨夫人輕輕轉動紙傘，傘架旋轉的聲音就像在對魏華發出挑釁。

要救她們的話，就要先過妳這關是吧……魏華握緊拳頭，邁開腳步朝雨夫人衝去。

「媽的，我才不怕妳！」魏華大吼著往前衝。

雨夫人低下頭，她注視著魏華的雙腳，因為她知道接下來會發生什麼事，也知道魏華將跟其他死者一樣，痛苦地在水中窒息而死……

當魏華跟雨夫人之間的距離縮短到只剩幾步時，魏華的腳突然絆了一下，走廊上無形的積水突然像泥土般凝固，緊緊包覆住魏華的雙腳，不讓他再前進一步。

「媽的！妳有種放開我！」魏華不斷往前揮舞雙拳，但就算把雙臂伸到最長，拳頭還是碰不到雨夫人。

雨夫人滿意地看著魏華，像是在欣賞他的垂死掙扎。

魏華已經有了覺悟，他現在只希望能再多一點力氣，讓他能突破幻象的束縛幫妻子報仇，就算只是揍一拳也好……

突然間，魏華的雙腳往前移動了一步，拳頭也來到雨夫人的臉前。

但魏華最後還是打空了，因為雨夫人即時往後退，躲開了魏華的拳頭。

……剛剛那是？

魏華訝異地看著自己的拳頭，然後低頭看向地板，這才發現走廊上的積水幻象，以及把自己困住的那股力量，都在剛剛那一瞬間消失了。

魏華本來以為是雨夫人故意在捉弄他，但魏華發現雨夫人竟然跟他一樣面露困惑。嗜殺之氣已經從雨夫人身上消失，其中最明顯的變化，就是雨夫人一直握在手上的紙傘，竟然也跟著不見了……雖然只是直覺，但魏華隱約感覺到，眼前的雨夫人似乎變弱了。

「……要結束了。」

旁邊的門緩緩打開來，怡潔扶著芯潔一起走出來，兩人的樣子就像剛從生死關頭被搶救回來，面無血色，但依然活著。

「怡潔，妳們……都沒事吧？」魏華擔心地問。

「沒事，子曜救了我們。」

怡潔朝屋內擺了一下頭，魏華這才發現她們身後還有一個人，那是一名魏華沒見過的陌生年輕男子，那想必就是子曜了。

子曜從屋裡走出來，直接站在三人前面，擋在他們跟雨夫人中間。子曜的形體有些模糊，卻給人一種難以形容的可靠感。

子曜的出現讓雨夫人的表情再度產生變化，這是雨夫人第一次表現出害怕的情緒，不知道什麼原因，她竟然懼怕著眼前出現的死者。

「趕上了……」怡潔瞪著雨夫人說：「蔡師父一定是剛剛完成了封印雨夫人遺骨跟紙傘的儀式，削弱了她……雖然現在的她仍有一部分的力量，但她已經無法控制被她殺死的那些死者。」

子曜往前走出一步，並伸手指向雨夫人的身後。

死者們幾乎是瞬間出現，他們聚集在雨夫人身後的走道上，其中有男有女，各種年齡的人都有，而他們唯一的共同點，就是眼神中都燃燒著復仇的怒火。

「她為了復仇殺死這麼多無辜的人，而她現在也即將被死者的怒火反噬了……」怡潔說。

雨夫人發覺局勢逆轉，準備要逃跑時已經來不及了。

離她最近的死者已經拉住她的和服裙襬，其他死者也一擁而上，數十雙手同時抓住雨夫人的身體，拉扯著她、將她撕碎。

被死者圍在中間的雨夫人發出痛苦的尖叫聲，現在發生的事對她來說就像歷史重演，在佳元村那個遙遠的夜晚，她也是這樣被林元明分屍殺害的……如果地獄真的存在，或許她能在那裡找到林元明，並親手報仇吧。

儘管這是雨夫人該有的結局，但雨夫人最後發出的淒厲慘叫，以及被撕碎時慘不忍睹的模樣，都讓怡潔跟芯潔選擇別過頭，不忍心再看下去。

當復仇行動結束，死者們陸續消失時，雨夫人原本存在的位置只剩下一堆灰塵般的碎片，怡潔知道那是雨夫人的頭骨，以及林元明的身分證僅剩的殘骸，這兩樣物品是雨夫人僅剩的力量來源，最終也被死者的怒火燒為灰燼。

最後，只有兩名死者還留在走道上。

其中一個是子曜，另一位則是樣貌清秀的年輕女子。

「瑀婷……」

怡潔聽到魏華喃喃唸著一個名字。

「是她嗎？」怡潔問。

「對，是她……」

魏華擦去眼角的眼淚，明明妻子就在眼前，但他沒有衝上去抱住妻子，因為他知道這麼做沒有意義。

對雙方來說，眼前的畫面並不是重逢，而是最後的道別。

子曜上前跟魏華的妻子站在一起，兩人的身體慢慢跟環境同化，即將在眼前消失。

「謝謝你。」

怡潔跟芯潔一起對子曜說道，她們終於將這聲遲了五年的感謝傳遞給對方了。

子曜露出笑容，他的笑臉就跟五年前一樣爽朗，沒有絲毫褪色。

兩人的身影完全消失後，怡潔等人的體力也到了極限，他們一起靠著牆壁坐到地上，每個人都感到如釋重負，剛才那慘烈的一幕終於讓這件事畫下句點。

「都結束了……」

怡潔突然想起一件事，轉頭向魏華問道：「對了，仁青說他想招待我們吃一頓飯，問我們什麼時候有空，我想……就選今天晚上如何？」

魏華還沒回答，一道刺眼的陽光突然照入走道，讓三人差點睜不開眼睛。

怡潔看向窗外，發現雨已經停了，一縷陽光透過雲層照射出來，不偏不倚地照在公寓上。

—在那之後的雨天—

手機發出的警報聲在短短一瞬間震撼了整間咖啡店。

每個顧客都驚慌地拿起桌上的手機，本來在寫稿的魏華也迅速用右手把筆記型電腦蓋上，左手同時把手機從口袋裡拿出來。

手機螢幕上跳出一個大又顯眼的視窗，是地震來臨前的國家級警報，寫著晚上八點將有震度五級以上的強震。

魏華心一涼，因為現在正是晚上八點。

魏華還來不及做出反應，腳下的地面就已經搖晃起來，整間咖啡店內的物品也跟著四處碰撞，架上的茶杯、擺設用的酒櫃、櫃檯後的廚具，每樣金屬跟玻璃製的物品就像演奏交響樂般，發出鏘鏘噹噹的敲擊聲。

要逃跑嗎？還是原地等待地震過去呢？店裡的每個人都不知道該怎麼做，只是不斷轉頭觀察其他人的反應，好像其他人沒逃跑，自己就不該逃走一樣。

魏華抱起筆記型電腦半蹲在桌子旁邊，要是這棟建築物真的無法承受地震的強度，至少他已經做好逃跑的準備。

還好，這波地震僅維持了五秒的時間，強度雖大，但還沒有到震垮房子的地步，雖然腳底下還能感受到些微餘震，不過最大的震波應該已經過去了。

等大地好不容易平息下來後，咖啡店裡的景象已是一片狼藉，掛在櫃檯上方的許多杯子都掉下來摔成碎片，廚具也在地上灑成一片，最慘的是整個倒塌的酒櫃，每支酒瓶都被櫃子壓碎，流出的酒液在地上緩緩累積成一面水鏡。

這家咖啡店沒賣酒，所以酒櫃裡的只是擺設用的廉價洋酒，但看到這幕畫面，魏華還是忍不住感到心痛。

櫃檯後的店員完全看傻了眼，這幕畫面應該是他今天上班前怎麼也想像不到的吧。經過地震這樣一搖，顧客們也沒有心情繼續待下去了，紛紛在結帳後離開店裡。魏華是最後一個結帳的，就在他準備離開咖啡店時，他忍不住又朝倒塌的酒櫃瞄了一眼。雖然碎掉的都是廉價酒，但酒的氣味還是很吸引人。

本來只是無心的一眼，魏華的腳步卻突然停了下來。

魏華並不是因為真的想喝酒才停下來，而是因為他在由酒形成的水鏡表面上看到了奇怪的東西。

地震已經停了，堆積在地板上的酒應該會是平靜的，但現在，酒液表面上竟出現了無數個圓形波紋。

這些波紋瞬間出現，卻又瞬間消失，就跟下雨中的水窪一模一樣……

一個在去年就該被魏華遺忘的詞彙，重新在腦中被喚醒。

——雨夫人……

「先生，你還好嗎？」

店員的聲音讓魏華回過神來，他轉頭一看，發現店員拿著拖把站在旁邊。

「我們要提早關門來整理店裡了，如果你還想要點餐的話……」

「不用不用，我準備要走了。」魏華揮著手說道。

離開前，魏華又朝地面上的酒看了一眼。

那些詭異的圓形波紋已經消失。

但是那種感覺絕對不會錯的，魏華很肯定。

那些波紋出現時帶給他的感覺，就跟雨夫人當年站在他面前時一模一樣。

＊＊＊＊＊

「應該安全了，我們回去吧！」

仁青小心翼翼地打開家門，他先探頭看了一下屋內的情況，然後如釋重負地吐出一口氣，因為剛才的地震沒有對家裡造成太大損害，只有幾本書從書櫃上掉下來而已。

地震發生的時候，仁青正在客廳裡看電視，突然國家警報的聲音響徹整間屋子，顏苓下一秒就牽著羽希從二樓跑下來，並對仁青喊道：「地震了！快出去！」

仁青當下還搞不清楚發生什麼事，只能跟著顏苓一起往外跑。

他們一家人跑到屋外時，正好是地震搖晃最劇烈的時候，路上的電線桿跟路燈都有明顯的晃動，轟轟轟的可怕聲響不斷從地面傳來，仁青開始擔心家裡的情況，好在屋裡的一切都平安無事。

當年買這棟房子果然是正確的選擇，仁青心想。

一家三口回到屋裡後，客廳裡的電視仍在播放仁青剛剛看的電影，但仁青已經沒有心情繼續看下去，因此拿起遙控器把電視關掉。

「還好都沒事，嚇死人了……」

顏苓的手仍牢牢牽著羽希，讓羽希看上去有些害臊。

「媽，妳太誇張了啦，妳看其他鄰居都待在家裡，只有我們跑出去，這樣感覺很奇怪耶。」羽希說。

顏苓在羽希臉上捏了一下，說：「他們那叫沒有警覺心，如果哪天又遇到九二一那種大地震，妳就知道逃跑的重要性了！」

面對母女間的鬥嘴，仁青只能苦笑著在旁觀戰。經過雨夫人的事件後，顏苓的生活態度就變得更謹慎，因為仁青跟羽希當時差點就回不來了。為了預防類似的情況再次發生，身為母親的她勢必要堅強起來才行。

母女倆又吵了幾句話後，羽希突然朝仁青問：「爸，你關掉電視了嗎？」

「嗯，關了啊。」仁青手上仍握著遙控器。

「咦？可是我怎麼聽到電視還有聲音？」羽希這樣一說，仁青跟顏苓才注意到，電視的螢幕雖然關掉了，但喇叭卻持續有聲音傳出來。

那是一段以固定頻率反覆發出的唰唰聲，仁青慢慢靠近電視，想把聲音聽得更清楚一點，但電視喇叭卻像被突然斷電般發出啪一聲，再也沒有聲音了。

屋內恢復安靜，但剛才的聲音仍留在仁青的耳邊。

唰唰唰的聲音，聽起來就跟下大雨的聲音一樣。

仁青緩緩轉頭看向妻子跟女兒，三人凝重的表情說明一切，剛才的聲音都讓他們想到了雨夫人。

*****

怡潔開車載芯潔來到公寓附近的停車場，這塊停車場的空間寬廣，附近也沒有高樓層的建築物，是地震避難的首選地點。

雖然怡潔的公寓在地震中並沒有受到損害，但新聞說接下來幾個小時可能會有規模相似的餘震，加上怡潔租的舊公寓已經有五十年以上的歷史，她不想冒這個險，於是決定帶芯潔到附近的停車場過夜。

「看來有不少人的想法跟我們一樣呢。」

停車場內已經有不少車輛聚集在一起，甚至有人把整個家庭都帶過來，還有小孩子四處跑著玩，整片停車場幾乎變成觀光露營區。

怡潔找到車位停好後，芯潔打開路上買的麥當勞餐點，薯條的香味馬上填滿整輛車子，讓人食欲大起。

「喏，姊，這是妳的。」芯潔把薯條拿出來交給怡潔，說：「偶爾像這樣在車上吃飯也不錯，對吧？」

「嗯，我也好久沒在車上過夜了。」怡潔笑了笑，也不知道什麼原理，像這樣在車上吃宵夜總是讓人覺得特別美味。

怡潔剛吃下第一根薯條，口袋裡的手機突然震動起來，她本來以為又是地震警報，拿出手機一看，發現原來只是一般來電。

怡潔本想鬆口氣，但看到來電號碼後，一顆心又懸到了半空中，因為這通電話竟然是魏華打來的。

雨夫人事件的落幕已經是去年的事，魏華為何現在又打電話給她呢？難道事情還沒結束嗎？

不，不能往壞的方面想，或許魏華只是想關心自己在地震中有沒有受傷而已，一定是這樣的……

抱著這樣的想法，怡潔接起了電話。

「喂……怡潔……能聽到我的聲音嗎……」

魏華的聲音很不清楚，地震可能影響到了基地台的信號，魏華斷斷續續講不到幾句話，怡潔很快就聽到喀嚓一聲，她跟魏華的通話被強制中斷了。

不過在信號斷掉之前，怡潔已經從魏華口中聽到關鍵的幾個句子：「小心……雨夫人……她可能……」

車外突然傳來叩叩的聲響，那是有人從外面在敲車窗的聲音。

怡潔馬上放下手機檢查車外，但沒有看到其他人影。

「姊……」芯潔也察覺到了不對勁。

「把門窗鎖好，不要下車。」怡潔警覺地盯著車窗。

一滴雨水突然掉到車窗上，接著是第二滴、第三滴，壯觀的大雨打在車窗上，但這些雨水竟然一點聲音都沒有。

怡潔動了一下雨刷，但無聲的雨水仍緊黏在車窗上，不受雨刷影響。

旁邊的芯潔開始發抖，難道雨夫人的惡夢又要重演了嗎？

怡潔冷靜思考著，雨夫人必須倚靠四件物品才能擁有復仇的力量，其中凶手的身分證跟她的頭骨都已經被死者摧毀了，只剩下遺骨跟紙傘被封印在蔡師父的廟裡，難道是剛才的地震破壞了封印，讓雨夫人有機會捲土重來嗎？

「姊，妳看……」

芯潔指著車窗，只見那些詭異的雨水開始變得模糊，慢慢從車窗上消失不見了。

「這樣是不是代表沒事了？」芯潔擔心地問。

「還不能確定，在搞清楚發生什麼事之前，我們今天晚上最好一起待在車上，不要落單。」

在確認完全沒事之前，怡潔今晚恐怕是睡不著了。

＊＊＊＊＊

天亮後，基地台的信號終於恢復，怡潔跟魏華重新取得了聯繫。

聽完怡潔昨天晚上的遭遇後，魏華在電話那頭嘆了一口氣，說：「果然啊，妳那邊也出現了。」

「我這邊？難道說……」

「嗯，我問過仁青了，他們家也有出現類似的情況，雨夫人昨晚似乎連續拜訪了我們三個人呢。」魏華把他在咖啡店遇到的事，還有仁青在家裡聽到的怪聲都告訴怡潔。

怡潔聽完後疑惑地問：「這樣看來，她只是利用下雨的因素在宣告她的存在罷了，她之前不是都會直接現身嗎？這次怎麼不出現了？」

「或許是因為她已經沒有足夠的力量能現身了吧。」魏華說：「我早上剛聯絡到蔡師父，他說雨夫人的力量在封印之下已經被削弱許多。雖然封印被昨晚的地震破壞了一部分，但蔡師父很快就把封印補起來，就算現在把雨夫人放出去，憑她的力量也傷害不了任何人。」

「原來如此，所以她昨晚顯現的力量，其實是她最後的不甘心嗎……」

「我想是吧，蔡師父說只要再保持封印一年，雨夫人的力量就會徹底消失，到時妳們就不用再擔心了。」魏華說。

輕微的鼾聲從旁邊傳來，怡潔將頭轉向右側，看到芯潔全身裹著毛毯，窩在副駕上睡得正熟。

「如果她還敢來找我們，我也不會怕她了。」

看著芯潔熟睡的面容，怡潔知道最黑暗的時刻已經過去，未來不用再害怕了。

（完）

新年特別篇

「我回來了！」

怡潔回到家一開門，就看到妹妹芯潔癱坐在客廳的沙發上看電視，客廳桌上堆滿過年招待客人用的糖果及瓜子，不過多數都已經進到芯潔的嘴裡。

「姊，妳回來啦。」芯潔轉頭看向怡潔，嘴裡剛好咬著一顆水果軟糖。

因為天氣濕冷的關係，芯潔把全身裹在一條厚棉被裡，怡潔知道芯潔又一整天都窩在沙發上吃零食了，這樣邋遢的樣子實在不是一個女孩子該有的形象，一開始怡潔還會唸她幾句，但芯潔總是用「過年嘛，又不會怎樣」來回擊。一到過年，這句話就會變成懶人的萬用藉口。

從大年初一開始，芯潔除了上廁所、洗澡跟睡覺外，幾乎沒有離開過沙發，看到妹妹如此頹廢又幸福的模樣，怡潔開始懷疑這幾天還跑回公司加班的自己是不是笨蛋了。

這幾天雖然是年假，但怡潔任職的公關公司在年後有好幾個大案子要同時進行，她這幾天都獨自在公司進行案子的前置作業。至於其他同事跟主管，應該都在外地開心地享受年假吧。當然怡潔也可以選擇撒手不管，等開工後再來工作，但責任感重的她不允許自己這麼做。再說，要是案子在開工後出了什麼差錯，責任經過層層推卸後，最後還是會被推到她這個菜鳥頭上，與其坐以待斃，不如現在先自己把傷害降到最低。

想到這幾天工作的辛勞，怡潔的肚子就咕嚕嚕叫了起來，她想起今天在公司只吃了便利商店的三明治，餓斃了。

怡潔打開冰箱，裡面冰了好幾個鍋子跟碗盤，都是前幾天沒吃完的年菜。

「姊，妳今天晚上還要吃年菜喔？」芯潔將上半身趴在沙發椅背上，一雙大眼睛直盯著怡潔說：「我年菜都吃膩了，我們今天晚上叫外送好不好？」

怡潔瞄了冰箱內的年菜一眼，嘆一口氣後將冰箱關上。她的確也吃膩年菜了，小小一鍋的佛跳牆跟雞湯彷佛具有魔法，怎麼吃都吃不完，像無底洞似的。

「好吧，我來叫外送，妳想吃什麼？」

「喔耶！」聽到怡潔這麼說，芯潔連人帶棉被在沙發上跳躍著。

過年期間只有怡潔跟芯潔兩姊妹顧家，父母跟其他年長的親戚一起出國玩了。雖說芯潔也是成年人，會自己照顧自己了，但怡潔總是放不下這個妹妹，或者說怡潔一直都很享受這種被需要的感覺。不管年紀多大，妹妹都擁有跟姊姊撒嬌的資格。

姊妹倆看著手機上的店家清單，最後選了一間市區有名的拉麵店。

約一個半小時後，怡潔的手機跳出外送抵達的通知。

「我下去拿，妳等一下喔！」怡潔向芯潔交待道，芯潔則是已經把餐具擺到桌上，一副口水都快流下來的樣子。

怡潔住的社區有個特殊規定，外送人員不許上樓，住戶只能在社區門口跟外送員領取餐點。怡潔來到一樓的時候，發現外面不知何時下起了大雨，提著餐點、全身濕漉漉的外送員就站在雨遮下等待。

「不好意思，我不知道在下雨，等很久了嗎？」

「……不會。」外送員戴著全罩式安全帽，安全帽的玻璃沾滿雨滴，怡潔看不清楚外送員的臉孔，他的聲音雖然年輕，卻充滿著疲累。

「錢在這裡，剛剛好。」

外送員翻開雨衣下的腰包，確認金額沒問題後把錢放了進去，雖然他身上穿著兩件式雨衣，但雨勢仍讓他的上衣全都濕透，拿錢的雙手更因低溫而不斷發抖，怡潔看了也覺得不捨，於是問道：「要不要休息一下？我請管理員泡杯熱茶給你，喝完再走。」

「不用了，謝謝。」外送員把腰包塞回雨衣下面，轉身走回大雨當中。

「新年快樂！」怡潔在外送員身後喊了一句。

外送員在騎走前，似乎也小聲說了一句「新年快樂」，但怡潔沒有聽清楚。

*****

送完這遙遠的一單後，子曜決定要收班了。

雨勢讓外送過程變得困難，加上這幾天是年假，許多店家都關門休息，讓訂單變得十分稀少，剛才那筆拉麵的單子也只是子曜今天接到的第七單，而且是跨區才接到的。

「決定了，收工回家吧。」

子曜將機車騎向返家的方向，但在回家之前，他突然想去一個地方，一個他已經好幾年沒去過，卻一直無法忘懷的地方。

*****

一踏進店裡，子曜很快就聞到了披薩在烤爐悶燒的味道，那一瞬間，他彷彿又回到以前在這裡打工的時刻。

「歡迎光臨，需要點餐嗎？」一名陌生的店員站到櫃檯接待子曜。

子曜打量著店裡的環境，同時探頭看了一下在後方配料台忙碌的其他店員，都是沒看過的生面孔。幾年的時間過去，店員跟主管都換過一輪，應該已經沒人認得他了吧？

曾經，自己也站在那裡朝披薩撒上配料，送進烤箱，再切成整齊的形狀……這一切彷彿都只是昨天的事情而已。

「先生，需要點餐嗎？」

店員的聲音將子曜從回憶中拉回來，子曜拿起櫃檯上的菜單，上面多了許多新口味，但他打算點以前最愛吃的經典口味。

「我要買大送小，大的做海鮮，小的我選夏威夷。」不需要等店員詢問，子曜便把披薩的所有細節都先交待好了：「餅皮都做薄脆，起士量正常就好，不需要其他副食，謝謝。」

店員完成接單，轉身到配料台去做披薩時，子曜轉身看向店外的雨勢。

五年前，軒鴻出事的那個晚上，外面也下著這樣的大雨，他就是在這裡把那把雨傘交給了軒鴻。

子曜點出手機的行事曆，確認下個月的行程。

軒鴻的五周年忌日就在下個月，每年越接近這個日子，子曜的心情就越難受，究竟要到哪一年，他才能幫軒鴻找到真相？

如果今年還是沒有線索的話，是不是該考慮放棄了呢……這念頭才剛出現，馬上就被子曜搖頭甩掉。

不能放棄，要是放棄的話，軒鴻絕對不會原諒自己，不管是十年還是二十年，都一定要堅持下去……

「先生，你點的披薩好囉。」店員將子曜的披薩推到櫃檯上，用繩子綁好。

結過帳後，子曜回到機車上，把披薩裝進外送的箱子裡，但這次不是要外送給別人，而是要自己享用的。

騎車回家的路上，子曜想起了最後一單的那位小姐。

當時安全帽玻璃上都是雨水，所以沒看清楚她的臉，但子曜確實有感受到她的善意。那句「新年快樂」仍縈繞在子曜耳邊，給子曜帶來了一絲暖意。

後記

各位讀者大家好，我是路邊攤。

《雨夫人》的故事從怡潔跟子曜開始，接著有其他角色加入，非常感謝大家陪他們一起在故事中完成了歷經五年的旅程。

在這篇後記中，我想跟大家聊聊雨夫人的發想來源，以及故事中一些有趣的情節。

老實說，《雨夫人》這個標題並不是由我原創，而是出自日劇《女王偵訊室》的其中一集，女主角真壁有希子每解決一個案件，就會在檔案盒貼上代表該案件的標籤，而那集的標籤就叫「雨夫人的初戀」，從那時候開始，「雨夫人」這三個字就一直儲存在我的腦袋裡，

雨夫人，光是唸出這三個字就能感受到獨特的美感跟畫面感，我決定要以這三個字延伸出一個全新的故事，但故事內容要寫什麼好呢？

這時我想到了我家附近的便利商店，不管晴天或雨天，店員都會把傘架放在門口，傘架上有幾把積滿灰塵的雨傘從來沒被動過，它們很明顯已經被主人遺忘，直到被下一個需要用傘的人拿走，它們的故事才會繼續下去。

放置在傘桶裡的神祕雨傘，配合「雨夫人」三個字的想像畫面，一個跟雨傘有關的詛咒就這樣成形，變成大家所看到的樣子。故事中融合了日本怪談、詛咒，以及廢棄村莊等元素，每個都是我的最愛，可以說整個故事都在我的舒適圈裡，寫起來非常開心。

除此之外，故事中幾個讓角色鮮活的特色也是改編自我的親身經歷，例如子曜曾經在披薩店打工，還有〈新年特別篇〉回去店裡買披薩的過程，對我來說都是很有代入感的，因為我學生時期曾經在披薩店打工過好幾年，也經歷過整個年假沒休息、都在外送披薩的時期。還有顏苓跟羽希這對羽球母女檔，也是改編自我去打羽球時遇到的真實人物，就跟故事裡一樣，那對母女真的殺遍整個球場。

因為《雨夫人》原是長期連載的故事，要如何適當地把故事分段並讓讀者每週都有動力繼續看下去，對連載來說非常重要。

還好之前已經有在粉絲專頁長期連載的經驗，對於該怎麼賣關子、讓讀者又愛又恨地繼續追文，也大概摸索出一套專屬於路邊攤的營業方式了。

我覺得創作就像製毒，不只要讓讀者上癮，更要讓自己上癮。

不知道《雨夫人》的故事有沒有讓大家染上文字這個毒癮呢？覺得還不過癮的話也沒關係，我們很快會在下部作品中再見的！

雨夫人

作　　者＊路邊攤
插　　畫＊ Cola Chen

2022 年 8 月 25 日　初版第 1 刷發行

發 行 人＊岩崎剛人
總 編 輯＊呂慧君
編　　輯＊溫佩蓉
美術設計＊林慧玟
印　　務＊李明修（主任）、張加恩（主任）、張凱棋

台灣角川

發 行 所＊台灣角川股份有限公司
地　　址＊104 台北市中山區松江路 223 號 3 樓
電　　話＊（02）2515-3000
傳　　真＊（02）2515-0033
網　　址＊http://www.kadokawa.com.tw
劃撥帳戶＊台灣角川股份有限公司
劃撥帳號＊ 19487412
法律顧問＊有澤法律事務所
製　　版＊尚騰印刷事業有限公司
I S B N＊ 978-626-321-706-5

國家圖書館出版品預行編目資料

雨夫人 / 路邊攤作 . -- 初版 . -- 臺北市：臺灣角川股份有限公司 , , 2022.08-
冊；　公分

ISBN 978-626-321-706-5(平裝)

863.57　　111009426